U0519204

ROBERTO
ARLT

EL JUGUETE
RABIOSO

愤怒的玩偶

[阿根廷] 罗伯特·阿尔特 —— 著

夏婷婷 —— 译

四川文艺出版社

图书在版编目（CIP）数据

愤怒的玩偶/（阿根廷）罗伯特·阿尔特著；夏婷婷译. —成都：
四川文艺出版社，2021.6
ISBN 978-7-5411-5881-0

Ⅰ. ①愤… Ⅱ. ①罗… ②夏… Ⅲ. ①长篇小说—阿根廷—现代
Ⅳ. ①I783.45

中国版本图书馆CIP数据核字（2021）第026246号

FENNU DE WANOU
愤怒的玩偶

（阿根廷）罗伯特·阿尔特　著　夏婷婷　译

出 品 人　张庆宁
策　　划　周 轶
责任编辑　苟婉莹
封面设计　尚燕平
内文设计　史小燕
责任校对　段 敏
责任印制　桑 蓉

出版发行　四川文艺出版社（成都市槐树街2号）
网　　址　www.scwys.com
电　　话　028-86259287（发行部）　028-86259303（编辑部）
传　　真　028-86259306

邮购地址　成都市槐树街2号四川文艺出版社邮购部　610031
排　　版　四川胜翔数码印务设计有限公司
印　　刷　成都东江印务有限责任公司
成品尺寸　143 mm×210 mm　开　　本　32开
印　　张　6.5　字　　数　120千
版　　次　2021年6月第一版　印　　次　2021年6月第一次印刷
书　　号　ISBN 978-7-5411-5881-0
定　　价　49.80元

目录

第一章　大　盗

　　我十四岁的那年，一个来自西班牙安达卢西亚的老鞋匠激起了我对侠义小说的喜爱和渴望。他的铺子位于南美街与玻利维亚街之间一家墙面白绿相间的五金店旁，是里瓦达维亚街上一座老宅的门厅。

　　这铺子的门面上贴着海盗蒙巴斯[①]和莫西干人文农戈[②]冒险故事书的彩色封面。我们这些小家伙下了课就喜欢到这里，瞅几眼门上的这些被太阳晒得褪了色的贴纸。

　　有时候，我们也会买半包巴里雷特牌香烟，这店主就很不情愿地起身离开他的长凳，招呼起我们来。

　　他是个驼背，一脸络腮胡，脸色憔悴，人还有点瘸。而且，

[①]　丹尼尔·蒙巴斯曾是 17 世纪的法国海盗，被认为是 17 世纪中叶针对西班牙人最活跃最猛烈的海盗之一。（如无特殊说明，均为译者注。）

[②]　莫西干人是美国的印第安人族裔。

他瘸法挺别致，脚圆鼓鼓的，仿佛是骡子的蹄子，后蹄朝外。

每次见到他，我都想起妈妈总说的一句谚语："别靠近被上帝诅咒的人。"

他总和我说些有的没的，一边在杂乱的模具和皮卷中拣出一只破旧的皮鞋，一边给我讲述西班牙历史上最有名的大盗的故事，语气中饱含失败者的痛苦。有一次，他跟我夸奖一个大方的教士，曾给过他两毛钱作为擦鞋的小费。

他很贪婪，招呼客人时总是笑脸相迎，那鸡贼的微笑也没能使他的脸颊鼓起来，嘴唇却皱了起来，露出黑黑的牙齿。

我很喜欢他，尽管他动不动就发怒。他长期订阅一些无聊的书，借我看还要收我五分钱租金。

给我讲迭戈·科联特斯①的故事时，他说："这个家伙，哎……真是个人物！……他可比一朵梅鬼花儿②还靓，他被民兵杀害了。"

这个鞋匠嘶哑的声音都发抖了：

"比梅鬼花儿还靓……但真倒霉催了……"

---

① 迭戈·科联特斯是西班牙18世纪中叶受民众爱戴的大盗。
② 19世纪末20世纪初，大量欧洲移民拥入阿根廷。各地移民因口音和词汇不同，形成一些土语黑话，有一部分词汇固定下来，被称为 Lunfardo。这个西班牙鞋匠口音，吞音严重，S和Z不分，因而他对话中单词的拼写全是错误的，中文只能用错别字来体现。

他随后陷入了沉思：

"你想想……他专门劫富济平……所有的农庄都有他的马子……他可比梅鬼花儿还靓……"

屋顶的天窗，散发出糨糊和皮革的气味，他的声音唤起了一种对青山绿水的遐想。在这景象中，山沟里传来吉卜赛人的舞会声……整个吵闹的山地国家被他召唤，出现在我眼前。

"他可比梅鬼花儿还靓。"这瘸子将鞋子顶在膝盖的铁板上，用锤子敲敲软鞋底，发泄他的悲伤。

然后，他耸了耸肩，好像摆脱了一个不合时宜的想法，从牙缝中朝角落吐了口痰，在石头上快速磨锥子。

一会儿他又说：

"你知道吗，故事最好看的那段是到了小因内斯女士和培苏尼亚叔叔的驴馆时。"他看到我拿起了一本书，对我吼起来，警告我道：

"孩子，你给我小心点，这书可不便义。"他转向他的客人，低着头，头上戴着一个盖住耳朵的老鼠色的帽子。他用沾满胶水的手指尖翻翻抽屉，嘴里衔满了钉子，然后继续敲他的锤子……咚咚咚……

我贪婪地读着这些绘图故事，例如，"安达卢西亚之光"何塞·玛利亚的故事，"大胡子"海梅①和其他一些捣蛋鬼的冒险故事，看上去真实又怪异：

骑士们骑在装备齐全的马驹上，小马玫瑰色脸颊上有黝黑的鬃角，马尾上盖着闪闪的科尔多瓦帽，鞍架上配着短枪。他们通常慷慨地送给寡妇一个黄色的钱袋子，寡妇怀抱婴儿，站在一个绿色小山丘脚下。

我梦想成为强盗，掐死那些好色的长官；匡扶正义，保护寡妇。这样，单身小姐们就会爱上我。

我还需要一个伙伴来追随我早期的冒险，他就是恩里克·伊尔素贝塔。

他是个游手好闲的人，我总是听人叫他"山寨大王"，这绰号看来是想教训他。

下面我来告诉大家，他的名声是如何起来的，他的声望如何能帮助菜鸟学会欺骗外行。

恩里克欺骗糖果厂厂长时才十四岁，这就是上帝如何规划我朋友恩里克未来命运的明证。但神都是比较精明的，我在写回忆

---

① 何塞·玛利亚是西班牙19世纪初一个饱受贫困折磨的劳工，不得不成为盗贼，最后成为土匪头子；"大胡子"海梅是19世纪初西班牙的一个江洋大盗，一度成为民众心中的大英雄。

录时才知道，恩里克现在住在政府提供的收容旅馆里，那可是专门给厚颜无耻的和不务正业的人提供的，对这件事我一点也不惊讶。

真相是这样的：

厂长为了刺激产品的销售，发起了一次竞赛，竞赛的内容是集齐糖果内包装上印的一套国旗，完成任务的人能获得奖品。这些国旗里，最难找到的是尼加拉瓜国旗（因为特别少）。

大家都知道，这些荒谬的比赛最吸引小孩，他们因为这共同的爱好聚在一起，每天耐心地搜寻，细数着手中的藏品。

恩里克向他的邻居伙伴们承诺——他的伙伴就是木匠铺的学徒们和挤奶工的儿子们——只要他们中有人能给他个样本，他就能假造一面尼加拉瓜国旗。

孩子们犹豫了……他们知道伊尔素贝塔的名声，于是，恩里克慷慨地提供了基佐写的两册《法国史》作抵押，打消他们对他诚实品性的怀疑。

这样，他们就在街头达成了协议。这条街是死胡同，街角的路灯被涂成了绿色，房子很少，有很长的砖墙。远处的荆棘围栏上方是天空蓝色的穹顶，无尽的山脉或奶牛场的牛叫声只会让这条街显得更加悲伤。

我后来才发现，恩里克用墨水和血，画了一面尼加拉瓜国旗，和原版的几乎一模一样。

几天后，伊尔素贝塔给大家炫耀一把崭新的压缩空气式气手枪，后来他又卖给了雷孔基斯塔大街上一家二手衣服店店主。那时节，"勇敢的"博诺特和最英勇的巴雷特正在恐怖袭击巴黎。①

我已经读完了庞森杜特拉伊尔子爵长篇小说中的四十几卷，他写的费帕尔特妈妈的养子，那个让人羡慕的罗坎伯乐②，让我梦想成为一个高级大盗。

夏日的一天，我在街角那家脏乱差的杂货店，遇上了伊尔素贝塔。

炎热的午休时间，重重地压在街道上。我坐在一个装茶叶的木桶上，与伊波利托讨论他父亲造竹架飞机的梦想，他想帮父亲实现这梦想。伊波利托想做飞行员，"但我得先解决自发稳定性问题"。有时候，他在思考解决飞机持久动力的问题，他总是问我，他的计划可能带来什么结果。

伊波利托的手肘压在一份沾着猪油的报纸上，站在奶酪柜台和收银台里的红木条之间。他认真听着我的"高见"：

---

① 博诺特和巴雷特是20世纪初法国恐怖主义者。
② 罗坎伯乐是皮埃尔·阿雷克西斯小说中构建的人物，流传甚广，以至于其名字成为法语中冒险的同义词。

"手表的机制没法用在飞机的螺旋桨上。得在'机身'上装电子引擎和干电池。"

"那么，就像潜水艇……"

"怎么是潜水艇呢？这么做唯一的危险是气流可能烧坏引擎，但是飞机会飞得更为平稳，电池用完之前能飞好久。"

"切①，用无线电报能让引擎发动吗？你得好好研究下这个发明。我看准是个不错的发明。"

就在那时候，恩里克进来了。

"切，伊波利托，我妈说，你一会儿得给我一斤糖。"

"这可不行，切。我老爹跟我说，之前的债务没清之前……"

恩里克轻轻皱了皱眉。

"好奇怪，伊波利托！"

伊波利托想要缓和下气氛：

"如果我能决定，你知道的……但这是我老爹决定的，切。"

他看到有话题可转移很是高兴，指了指我，转头对恩里克说：

"切，你认识西尔维奥吗？他造了那门大炮。"

---

① "切"是阿根廷特有的亲热的打招呼方法，或引起注意、加强语气，相当于中文的"哎"。著名的阿根廷革命家格瓦拉以这个称呼作为自己的名字，将自己称为切·格瓦拉。为保留阿根廷西班牙语的特点，译者特意保留这个词。

伊尔素贝塔的脸亮了，向我表示尊敬。

"啊，就是您啊？祝贺。挤奶的家伙跟我说，这炮开起来像克虏伯大炮一样……"

他说话的时候，我观察着他。

他很高，干瘦干瘦的。凸起的额头上全是雀斑，黑发锃亮，烫成了气派的大波浪。他有一双烟草色的眼睛，却是个斜眼。他穿着合身的棕色外套，看得出来，做这衣服的裁缝手艺不佳。

他靠在柜台边上，下巴放在手掌中，仿佛在思考。

我做的炮在他们眼里成了一场冒险，想起来真是开心。

我跟电力公司的几个工人买了根铁管子和好几磅的铅。我用这些材料造了门大炮，或叫"射石炮"，我是这么做的：

我把铁管插进一个泥心的六角木头模子，然后用熔化的铅逐渐填满两面之间的空隙。随后，我把外壳敲碎，拿一把厚锉刀磨光表面，用锡制的箍把炮固定在装有煤油盒的最厚的板材做成的炮架上。

我的小炮很精致，能装上两寸直径的炮弹，炮弹装在满是火药的小麻袋里。

我摸了摸这个小恶魔，心想："这门炮可以杀人，这门炮可以摧毁东西。"想到自己造了个能让人屈服和致命的危险物，我就特别开心。

邻居伙伴们来看这门炮，羡慕得很，这证明我比他们聪明。后来他们组织去圣何塞·德·弗洛雷斯教区偷水果或是去马尔多纳多小溪那边的荒地里挖宝藏时，我都是主要的军师。

我们去试验大炮的那天，天气格外好。在到达圣艾杜阿尔多之前，我们在阿维亚内达大街一个巨大的马场的草丛里做了试验。一群伙伴围着我，我假装气呼呼的，开始给炮膛装炮弹。为了证明其射击的精准性，我们将炮口对准了木匠铺房顶供水的锡罐。

我点着了火柴，靠近导火线，心情激动。阳光下，一个暗色的火苗跳动起来，突然一个剧烈的爆炸声将我们包围在气味令人作呕的白色烟幕之中。我们惊呆了，仿佛发现了新大陆，或是感到我们神奇地变成了地球的主人。

突然有人叫喊起来：

"快开溜！""条子来了！"

我们仓皇撤退，无暇顾及颜面。我们的两个哨兵飞奔向我们，我们还犹豫了下……突然迈开大步逃跑，遗弃了我们的炮，将它留给了敌人。

恩里克最后说：

"切，您要是需要科学数据，我家里有一套《周游世界》杂志，可以借给您。"

从那天起，直到危险发生的那个晚上，我俩的友谊堪比俄瑞斯忒斯和皮拉德斯。[1]

我在伊尔素贝塔家看到了一个奇特的新世界！

真是些难忘的人儿！他家里有三位男士和两位女士。母亲掌管一切，她脸色如胡椒盐，有双小鱼眼睛和爱管闲事型的长鼻子。还有一位驼背的老奶奶，她听不大清楚，皮肤黑得像被火烤过的树皮。

除了警官不在家，在这个沉默的房子里，每个人都自得其乐，闲暇时光读读大仲马的小说，然后陷入惬意的午睡之中，到了傍晚再嚼嚼舌根。

月初的时候，家里才开始笼罩着不安。因为他们得去劝退债主，得去讨好那些"屎一样的加利西亚人"，得去安抚那些在门外要求收款的平民百姓的愤怒，因为他们家买东西是靠赊账的。

他们家的房东是一个法国阿尔萨斯人，是个胖子，名字叫格雷努易雷特。他七十多岁，有风湿病，还有神经衰弱。伊尔素贝

---

[1] 出自古希腊悲剧诗人埃斯库罗斯所著的《俄瑞斯忒斯》三部曲，俄瑞斯忒斯和皮拉德斯两人情同手足。

塔一家有个怪毛病，付房租的时间较为随意，房东最终居然适应了。有一阵他很想赶他们走，却没赶成。老资格法官和保守党中同样老资格的党员都是这家人的亲戚，他们可是动不得的。

这个阿尔萨斯房东最后放弃了，想等新政府上台。这些游手好闲之辈的厚颜无耻达到顶峰，他们居然把恩里克派来跟他要赌场的进门卡，因为房东的儿子在那当门卫。

唉！这种评论真是重口味，在肉铺碰头的邻居老娘儿们能说出什么基督徒的反思呢？她们无情地嚼着邻居的舌根。

一个丑得要命的女孩的母亲，评论伊尔素贝塔家的年轻人，说他曾忍不住发情，把自己的私处给少女看：

"您看，女士，我没揭穿他，因为这对他来说，会比被火车压过去还难受。"

伊波利托的母亲，一位胖胖的女士，脸白极了，总是怀着孕，抓着屠夫的手臂说：

"我建议您，堂塞贡多①先生，千万不要相信他们。他们欠了我们好多钱，我可什么都没跟您说。"

"放心吧，放心吧。"这健壮的小伙子谨慎地嘟囔着，对着牛肺挥舞着大刀。

_____

① "堂"和"堂娜"是西班牙语中的敬语，分别用于男士、女士名字前面。

啊！伊尔素贝塔家可真开心。要不再讲讲，面包师曾因为伊尔素贝塔家欠钱而大发雷霆。

面包师在门口跟女儿抱怨，他运气不好，伊家的警官碰巧路过，听到了他的话。

警官习惯于随心所欲地处理问题，他听到面包师居然敢蛮横无理地来收钱，被激怒了，将其踢出了铺子。这可是个教训，许多人宁可选择不去收钱了。最后，这家人的生活真是比一出滑稽剧还可笑。

这家的小姐们，过了二十六岁，还没男朋友。她们自认为是知识分子精英，把穷人叫作贱民。

他们把想收他们菜豆钱的店主叫作贱民，把被骗走几米蕾丝的店员叫作贱民，还把屠夫叫作贱民，因为伊家人在他门口不情愿地喊了"下个月一定给您付钱"时，屠夫还敢怒发冲冠。

这三个兄弟，头发茂盛，身体干瘦，都是著名的懒汉，白天可劲儿晒日光浴，天黑了就换身好行头，去郊区的堕落女孩中寻找激情。

两位信仰虔诚又爱咆哮的老太太，不停地为了琐事争吵，要么就是和女儿们坐在破旧的客厅里，在窗帘后面偷窥，交流着八卦。她们是拿破仑一世军队里军官的后代，黑暗美化了她们面无血色的脸庞，很多次，我听到她们做着帝国主义迷梦，焕发旧日的贵族气息。在寂寞的人行道上，街灯管理员举起一根有紫色火焰的杆子，点燃了绿色的煤气灯。

他们没钱雇用人，也没有哪个女仆能忍受得了这家里三个蓬头流氓的风骚劲儿和敏感小姐们的坏脾气，还有两个尖牙老巫婆的任性。恩里克又是个搬弄是非的人，是这个破败的经济机器正常运转必不可少的。他习惯于借贷过日子，他的厚脸皮是闻所未闻的，都能成教科书了。如果要夸他，那简直可以说，黄铜都比他的细嫩脸蛋更容易感到羞耻。

在无尽的闲暇时光中，伊尔素贝塔家的女孩子就画画玩，她们可不缺这份才能和精细度，这可再次证明，总是有些闲人有美学天赋。我反正没事儿可干，就总去他们家，那些老太太可不高兴，我才不在意她们呢。

有一次我去找恩里克，聊了很久，聊到强盗和抢劫的故事，我们都很想搞个恶作剧，都想成为罪犯，一举成名，永垂史册。

恩里克跟我说起，从法国来布宜诺斯艾利斯的几个大盗被驱逐出境，索伊萨·雷莉对此进行了报道，发表的文章里还配有让人信服的图片：

"共和国总统背后有四个大盗撑腰。"

我笑了。

"别开玩笑了。"

"哎，这是真的，就是这样的。"他张开双臂，像钉在十字架上那样，给我展示这些暴徒的胸肌是怎么样的。

我不记得究竟是怎么搞的，我们最终相信，偷盗是一种高尚和美好的行为。但我确实记得，我们商量好，要创办一个盗贼俱乐部，目前只有我俩是会员。

以后我们再看能不能招募更多的会员……为了给我们的职业生涯一个正式的启动仪式，我们得从不住人的房子开始偷起。事情是这样的：

吃过午饭后，街道空荡荡的，我们仔细穿戴整齐，去弗洛雷斯或卡巴依托街区的街道上溜达。

我们的作案工具是：一把小扳手，一把螺丝刀和用来包赃物的几张报纸。

我们看到一个招牌写着"招租"，就上前询问。我们举止谨慎，面容忧愁，看起来像卡库斯的侍者①。

他们给了我们钥匙，允许我们去看看房子的情况，我们赶紧跑了出去。

我还没忘掉开门那一瞬感到的快乐。我们暴力地进门，像贪

_____

① 希腊神话中住在亚文丁山上惯于偷盗抢掠的巨人。

娄的强盗，奔向每个房间，快速评估着可偷走的东西的价值。

如果装有电灯，我们就拔掉电线、灯座、门铃、灯泡、镇流器、吊灯、灯罩和电池。然后，我们从房间奔向浴室，镀镍的水龙头，浴缸上铜质的水龙头通通不放过。我们从不拿门窗，因为不想被认作搬运工。

一种痛苦的快乐驱动着我们干活，一种焦虑卡在喉咙口，我们的速度堪比变脸演员的表演，还时不时毫无理由地大笑，没来由地颤抖。

电线上还沾着硬扯下来的墙布的破布条，石膏碎块和灰浆弄脏了积满灰尘的地板，厨房的水龙头不断漏着水。我们有能力在几秒钟之内把一座房子毁了，修缮费用可非常昂贵。

完事之后，伊尔素贝塔或我去交还钥匙，然后我们分头逃窜。

我们会合的地点总是铅匠店铺后面。铅匠活像卡卡萨诺①，那个傻瓜，上了年纪，脸蛋圆圆的，肚子大大的，绿帽子也大大的。因为大家都知道，他以一种方济各修士的耐心，忍受着他妻子的不忠。

―――――――――

① 《卡卡萨诺》是意大利小说家安德里安·班切里（Andrian Banchieri）于1620 年出版的小说，主人公是个著名的傻瓜。

当有人暗示，让他承认现状，他就温顺地回复说，他妻子有神经方面的疾病，这么严肃的科学论据，只能让人沉默以对。

但是，他忙自己的事儿可精着呢。

这罗圈腿仔细地检查着我们手里的包裹，对电线的来源表示怀疑，试试灯，看看钨丝是不是烧坏了，闻闻水龙头，耐心地估价、再估价。这耐心真让人绝望。最后他给我们出了个价，还不到这些东西成本价的一半。

如果我们争论起来或是表示生气，这个老好人就抬起他的牛眼珠，圆脸上浮现出嘲笑的样子，不等我们回复，就乐呵呵地拍拍我们的背，把我们赶到大门口，姿态优雅，手掌中握着钱。

您别觉得我们的英勇事迹就只是去偷这些无人租用的⋯⋯子。偷小东西，谁能比我们厉害！

我们不断巡视外面的东西。我们动作惊人地熟练，眼睛尖得像鹰。我们不慌不忙，像老鹰一样快速扑向纯洁的白鸽。

要是进了一家咖啡馆，桌子上有遗忘的餐具或是放糖的小罐子，只要服务员稍不留神，我们就都偷走。在厨房的柜子里，或任何犄角旮旯儿的地方，我们都能捞到对我们有利的东西。

我们连杯子、盘子、刀、台球都不放过，我还记得很清楚，一个阴雨的晚上，在一家满是客人的咖啡馆，恩里克顺走了一件大衣，另外一个晚上，我拿走了一根金柄拐杖。

我们的眼睛像小球一样溜溜地转着，睁开有盘子那么大，评估着东西的价值。一旦发现想要的东西，我们就面露微笑，摆出一副满不在乎的样子，满嘴吐脏话，手指快速动作，目光扫射，我们可不想像三四流的小偷那样失手。

在小商铺里，我们也施展这一干净利索的技能，你得看了才能相信，我们是如何在店主睡午觉的时候拍店员马屁的。

恩里克找了个借口，把店员带到街上的橱窗那儿，问问某些商品的价格。如果店里正好没人，我就迅速打开玻璃柜，把一盒盒的铅笔、文艺墨水瓶装进口袋。只有一次，我们从一个没有警报器的收银台偷到了钱。还有一次，在一家武器商店，我们偷走了一打顶戴珍珠的镀金钢折叠刀。

如果白天我们没能做点什么，就会垂头丧气，为我们的笨拙而难过，对未来表示失望。

然后我们就气呼呼地瞎游荡，直到出现可以补偿我们的东西。

我们的活计如日中天，成果从硬币变成了美滋滋的比索纸币。一个雨天的下午，我们坐上汽车出去兜风。在雨幕中逛街真是一种享受！我们陷在蓬松的靠垫中，点一支烟，将那些在雨中奔跑的人远远甩在后面，想象自己住在巴黎，或是雾都伦敦。我们无声地做着白日梦，宽厚的嘴唇露出微笑。

后来，我们去了一家奢华的甜品店，喝了香草味的热巧克力，心满意足地坐下午的火车回家，这贪图享受的身体实在是惬意，周围的热闹也让我们的能量翻了倍，仿佛有斩钉截铁的声音在我们耳边说：

"加油！加油！"

一天，我跟恩里克说：

"我们得组建一个有许多聪明人参加的真正社团。"

"问题是没几个能像我们这样的。"恩里克判断。

"对，你说得对，但是不可能一个也没有吧。"

几周之后，恩里克努了努力，找来一个叫作卢西欧的，是个小个子、看上去让人厌恶的家伙，自慰过度导致脸色苍白，这是一张厚颜无耻的脸，随时准备好向瞧他的人挤出笑脸。

他和几个老太太住在一起，她们也不怎么管他。这个小无赖有个生来就会的本事，就是用最谨慎的办法去讲最庸俗的事情，仿佛是个大机密。他横着眼睛，挥舞着手臂，就好像电影里的一些艺术家饰演的在灰墙街区里的混混。

"这个偏激的人对我们没什么用。"我跟恩里克说。但因为他是新手，给社团带来了热情和坚定的态度，再加上他带有罗坎伯乐般的神情举止，我们对他还有些期待。

按照惯例，社团不能少了开会的地方。我们一致同意卢西欧的建议，把社团叫作"夜半绅士俱乐部"。

这个俱乐部的会址在恩里克家的一个角落，是墙灰斑驳的厕所对面的一个很狭窄的木屋，屋里积了厚厚的灰，天花板上挂着大大的蜘蛛网。在角落里，有一大堆掉色了的提线木偶，这是伊尔素贝塔一个混得不如意的耍木偶的朋友给他留下的，旁边还有好多装着缺胳膊少腿的铅质微缩士兵的各色盒子，一堆堆让人恶心的脏衣服和塞满了旧杂志和报纸的箱子。

这小"猪圈"的门朝向一个阴暗的院子，院子的墙上满是破损的砖头，下雨天就会渗出淤泥。

"没人吧，切?"

恩里克把破败的内窗①关上，透过窗上的破玻璃能看到乌云密布的天空。

"他们在聊天。"

这算是我们找到的最好的地方了。卢西欧给我们递了埃及烟，这对我们可是个新鲜玩意儿，他优雅地在鞋底点着了火柴，然后说道：

"我们来读读会议纪要。"

———————

① 阿根廷当时流行双层窗户，里面一层向里开，外面一层向外开。

为了让这俱乐部能齐活儿，还得有个会议纪要本，将每个会员的计划登记进去。还得有个印章，恩里克用一个木塞造了个长方形的印章，上面刻了个让人震撼的图像：一颗插了三把刀的心脏。

这本纪要被轮流保管，每次会议结束后都要签字，签名后都要盖上公章。

从纪要本上能看到以下文字：

卢西欧的提议：为了将来偷盗时不需要带撬锁器，有必要去给每个目标房子的钥匙做个蜡模。

恩里克的提议：还得给能拿到钥匙的房子画个平面图，这些图纸会存在协会的秘密文件里。图纸必须记录这房子的主要特点，最大限度地方便我们的行动。

协会一致同意：任命恩里克会员为俱乐部的绘画师和伪造师。

西尔维奥的提议：为了把硝化甘油带进房子，我们得带上个鸡蛋，去掉蛋清和蛋黄，然后用针筒把爆炸物注射进去。如果硝化甘油的酸毁掉了鸡蛋壳，我们就用火药棉做件汗衫。没人会怀疑，一件无害的汗衫里隐藏着个爆炸物。

恩里克的提议：俱乐部应该配有图书馆，配置科学书籍以供阅览，会员可以从图书馆学到最先进的工业处理技术，用于偷盗和杀戮。会员资格超过三个月后，就必须持有勃朗宁手枪、橡胶手套和一百克三氯甲烷。俱乐部任命西尔维奥会员为首席化学家。

卢西欧的建议：所有的子弹都应该提前下毒，而且应该提前对毒性做个试验，把狗尾巴一把割下来试试。狗得在十分钟内死去。

"切，西尔维奥。"

"怎么了？"恩里克说。

"我在想一件事。我们得在共和国所有的镇子里都组织俱乐部。"

"不，主要的问题是，"我打断了他，"我们得实践一下，明天就行动。我们现在说胡话没啥用。"

卢西欧把一堆脏衣服挪过来当沙发，他接着说：

"学习偷盗也有个优点，就是让人变得冷血，这可是这行必须具备的素质。另外，危险的实践会让我们形成谨慎的习惯。"

恩里克说：

"我们别再废话了，来谈一个有趣的案子吧。这里，在肉铺后院（伊尔素贝塔家的墙壁就贴着这铺子后院）有一个外国人，每天晚上把汽车停在这里，然后回到他在扎姆迪欧街上租的大宅子里的一间小屋睡觉。你觉得如何？西尔维奥，我们去偷他汽车的发动机和喇叭？"

"你知道这是桩大事吗？"

"又不危险，切。我们从墙上爬过去就行。肉铺老板睡得像块石头。有一点是得注意，得戴上手套。"

"那狗怎么办？"

"我为啥要认识那条狗？"

"我看那狗一定不会放过我们。"

"你觉得怎么样，西尔维奥？"

"你看看，一个发动机值一百块呢。"

"这生意不错，就是有点难办。"

"你呢？卢西欧？"

"你是说见报？……当然了……我穿条旧裤子，可别磨破我的'小心肝'……"

"你觉得呢，西尔维奥？"

"我等我老妈睡了就溜出来。"

"我们几点见？"

"哎，切，恩里克。这生意我不喜欢。"

"为什么？"

"我不喜欢。他们会怀疑上我们的。院子里……那条不叫的狗……而且我们如果留下证据的话……我可不喜欢。你知道，我可什么都不怕，但这事儿我不喜欢。太近了，条子嗅觉那么灵敏。"

"那么就不干了。"

我们笑了，仿佛刚避开一个危险。

我们过了几天从来没有尝试过的日子，挥霍着偷来的钱，这钱对我们来说有个特殊的意义，甚至好像跟我们热情地说起话了。

印着彩色形象的钱币对我们来说重要多了，我们在手里扔着镍币，玩着杂耍，钱币叮叮地响。对呢，骗来的钱看来更加值钱和精细，代表着最高价值，仿佛有声音在耳边微笑着称赞和鼓动我们。这不是可耻和可恶的钱，不是那种要辛苦工作才能挣来的让人深恶痛绝的钱，而是靠灵巧得来的，一种长着两条小矮人的腿和侏儒般胡子的银球，是滑稽的钱、跳着舞的钱，散发出纵酒作乐时丰盛的红酒的香味。

我们的瞳孔没有了不安，我们敢说，简直连头顶都出现了华丽和大胆的护顶光环。明知万一我们的行为被发现，就得被带去法官那儿，却引以为傲。

我们坐在一家咖啡馆的桌前，时不时聊上几句：

"你在法官面前会怎么做？"

"我么，"恩里克回答，"我会跟他说说达尔文和丹泰克①（恩里克是无神论者）。"

"你呢，西尔维奥？"

"坚决否认啊，就算砍了我脖子。"

"万一他们用橡胶棍呢？"

我们惊恐地面面相觑。我们非常害怕"橡胶棍"，这棍子打起来从不在皮肉上留下痕迹，警察局常用它来惩罚那些迟迟不肯认罪的小偷。

我压制不住我的愤怒，回道："可别想打我，我宁可死掉。"

当我们说起这个词，我们脸上的神经都膨胀了，眼睛动也不动，目光固定在一种遥远"大屠杀"的幻想中，鼻孔张大，吸着火药和血的味道。

"所以得给子弹下毒。"卢西欧镇定起来。

"还得制造炸弹，"我接着他的话说，"不能有怜悯之心。我们得炸死条子，让他们害怕。趁他们不注意的时候，子弹……法官的话，我们给他们邮寄点炸弹去……"

我们围坐在咖啡馆的桌子旁聊天，对逍遥法外的状态感到既

① 费利克斯·丹泰克（Felix le Dantec）是法国生物学家和科学哲学家，他是无神论者，信奉一元论、唯物主义和决定论。

阴郁又享受。人们不知道我们是小偷，一想到那些刚成人的名门小姐们知晓了我们身份的话，会以什么样的眼神看我们，一种美味的恐惧就把我们的心收紧了。她们会想，这些时髦的小伙子，是小偷……小偷！……

半夜12点的时候，我、恩里克和卢西欧在一家咖啡馆见面，敲定我们想要实施的偷盗计划的细节。

我们选了个最安静的角落，占据了一张靠窗的桌子。

小雨敲打着玻璃，店里播放的交响乐发泄着一支监狱般的探戈曲最后的高潮。

"你确定么，卢西欧，门卫不在?"

"再确定不过了。现在是假期，大家都不在。"

我们在谈的，是抢劫一所学校的图书馆。

恩里克沉思着，用手托着脸蛋。他的帽檐遮住了眼睛。

我有点不安。

卢西欧看着周围，露出一种生活很美好的满足感。为了说服我，做这事儿没有任何的危险，他皱了皱眉，秘密地跟我说上第十遍：

"我认识路。你在担心什么? 很简单的，就是越过临街院子的铁栅栏。门卫在三楼的一个大厅睡觉。图书馆在第二层的相反的一侧。"

"事情很简单，小菜一碟。"恩里克说，"要是能带走一本百科全书，这活儿可不赖。"

"我们用什么装二十册书？你疯了吧？……除非你去叫个搬家货车。"

几辆敞篷车驶过，霓虹灯的亮度落在了树上，给树抹上了让人毛骨悚然的光影。服务员给我们端上了咖啡。我们周围的桌子依然没人来，音乐家在池座里聊着天，一阵台球棍的吵闹声从台球厅传来，原来他们在庆祝一组复杂的连击。

"我们来玩个牌？"

"别玩牌了，哎。"

"好像下雨了。"

"那更好啦，"恩里克说道，"蒙帕纳斯和德纳第①最喜欢这种晚上了。德纳第曾说过：'让-雅克·卢梭可比军队的贡献还大。'德纳第可是个很狡猾的人，这吉卜赛语的部分真是极好的。"

"还下雨吗？"

---

① 蒙帕纳斯（Montparnasse）和德纳第（Tenardhier）两者皆为雨果《悲惨世界》中的人物，前者是街头混混，后者是坏心肠的酒馆老板。

我看向小广场。

雨水斜斜地打下来，风把两排树吹得如波浪般摇摆，仿佛铺上了灰色的幕布。

看着被霓虹灯照亮的绿色枝叶，我仿佛看到夏日夜晚战栗的森林，这战栗是因为平民百姓过节的喧嚣，红色烟花爆裂后变成了蓝色的声响。这种无意识的景象让我难过。

那不幸的最后一夜，我记得清清楚楚。

乐师们弹奏了一曲，黑板上写的名字是"Kiss-me"。

在这俗气的环境里，这曲调上下起伏，带着悲伤又遥远的节奏。我感觉像是一群坐在跨大西洋轮船底舱的贫穷移民的合唱，太阳陷入了厚厚的绿水之中。

我记得，一位小提琴师如何吸引了我的注意，他的头像苏格拉底，秃顶还闪着光。他鼻子上架着一副墨镜，隔着墨镜都能看到他闭着眼睛，用力歪向乐谱。

卢西欧问我：

"你和艾蕾欧诺拉还在一起吗？"

"不在了，我们分手了。她不想再做我女朋友了。"

"为啥？"

"不为啥。"

她与小提琴的悲伤合二为一的形象突然猛烈地刺激了我。仿佛是另外一个声音在呼唤我，看向她平静而温柔的脸。哦！她这冷漠的微笑多么让我悲伤，我坐在桌前，用神灵的语句对她说话，同时享受着比快乐还美味的痛苦。

"啊！如果我能对你说我爱你，此刻用这首'kiss-me'来表达……用哭泣来挽留你……那么也许……但她也爱过我……你是爱过我的，对吗，艾蕾欧诺拉？"

"雨停了，我们走吧。"

"走吧。"

恩里克扔了几个硬币在桌上。他问我：

"你有手枪吗？"

"有啊。"

"能用吗？"

"那天我试过了。子弹能穿过两块厚木板。"

伊尔素贝塔接着说：

"这次行动顺利的话，我要买个勃朗宁手枪；但是，为以防万一，我带了个指节铁环。"

"钝吗？"

"不钝，每个角都锋利得让人害怕。"

一个警察穿过广场的草坪走向我们。

卢西欧高声喊道，那条子肯定能听到。

"我可讨厌我的地理老师了，切，非常讨厌！"

我们斜穿过了广场，到了学校的围墙前，发现又开始下雨了。

一排香蕉树绕着角落的房子，这角落越发显得阴暗了。雨打在树叶上，奏出一种特殊的音乐。

高高的铁栅栏顶上是尖尖的獠牙，这栅栏将两座又高又暗的教学楼连在一起。

我们在阴暗中缓慢走着并盘算着。我一言不发地爬上了栅栏，把一只脚塞进联结两个尖牙的圆圈里，一跃就进了院子，跳下去之后蹲在那了一会儿，眼睛也一动不动，用手指肚触摸着潮湿的地砖。

"没人哦，切。"恩里克轻声说，他刚在我后面跳了下来。

"好像没人。卢西欧怎么没下来？"我们听到街上的石子路上有铁蹄的声音，然后听到了另外一匹马经过，在黑暗中，这声音逐渐消退。

在铁栅栏的尖角后，卢西欧露出了头。他一只脚撑在横档上，跳下来的时候非常灵活，落地的时候，只听到鞋底跟地砖间轻轻的摩擦声。

"切，怎么了？"

"出现了一个警官和一个巡夜的。我在那儿假装等公交车。"

"切，我们戴上手套吧。"

"对的，一激动就忘了。"

"现在呢，我们去哪？这儿可黑得像……"

"往这走。"

卢西欧做起了向导，我掏出了手枪，我们三个人向二楼露台下的院子进发。

黑暗中，依稀能见到一根廊柱。

突然，我对我的同伴们感到有一种至高无上的权力，便友好地伸出手臂抱住恩里克说：

"我们慢点走。"我放弃了轻手轻脚，很不谨慎地让鞋跟发出响声。

在楼的周围，脚步声不断回响。

我对绝对安全的确信也传染给了我的同伴们，我们大声哈哈笑着。外面黑黢黢的街上，一条流浪狗都冲我们吼了三次。

我们大胆地给危险扇了巴掌，羞辱了它，很是开心。我们还真想大声奏出快乐的乐章把人吵醒，让他们瞧瞧，我们微笑着违反法律和犯罪时有多高兴，灵魂都高大了起来。

卢西欧在前面领路，回过头来：

"我提议，几天后我们去抢国家银行。"

"西尔维奥，到时用你的电弧打开收银台。"

"博诺特该从地狱里给我们鼓掌了。"恩里克说。

"拉康倍①和巴雷特大盗万岁。"我喊道。

"太棒了。"卢西欧叫了声。

"你咋了?"

这家伙回答:

"好了……卢西欧不是说过吗?如果要给你做个塑像……好了,你们都知道是什么了吧?"

我们围住他。

"你们注意到了吗?你看到没,恩里克,厄勒克特拉电影院旁的珠宝店?说真的,切,别笑。电影院的厕所没有房顶……我记得很清楚;我们可以从那儿爬上珠宝店的屋顶。我们只需要买几张晚场电影票,在电影结束之前,就溜出去。我们用滴管在钥匙孔里滴入三氯甲烷。"

"对呢,你知道吗,卢西欧,这会是漂亮的一仗。谁会去怀疑几个毛孩呢?我们得好好研究下这个计划。"

我点了支烟,借火柴的光,我发现了大理石台阶。

我们走上台阶去。

我们走到一个通道,卢西欧拿着手电筒照了照,这是块小小

---

① 拉康倍也是同名小说中无政府主义恐怖主义分子。

的四方空间，一侧是黑黑的走廊。木门框上钉着一个标牌，上面写着"图书馆"。

我们凑上前去看个仔细。这门很旧了，高高的面板涂成了绿色，在门底下和地砖之间留出了一寸的大缝。

拿个撬杆就可以把门锁的螺丝撬掉。

"我们先去露台，"恩里克说，"天花板飞檐上都是电灯。"

在走廊里，我们发现了一扇通往二楼露台的门。我们推门过去。雨水打在地砖上噼啪响，在柏油高墙旁，闪电的强光照亮了一个小木屋，门虚掩着。

闪电时不时把天空照亮，远处天空呈现出紫色，钟楼和屋顶高低错落。像监狱高墙的柏油墙，恶意地将地平线切成不同的画布。

我们进入了小木屋。卢西欧再次打开手电筒。

在房间的角落里，堆着一袋袋的木屑，许多抹布、刷子和新扫帚。正中心是个巨大的藤编篮子。

"里面会有什么？"卢西欧掀开盖子。

"炸药。"

"看看呢？"

我们好奇地朝手电筒照亮的圆圈看去。在木屑中间，一堆钨丝玻璃灯泡亮闪闪的。

"没烧坏么？"

"没，他们当垃圾扔了。"为了说服我们自己，我仔细检查了钨丝的形状，完全没有用过的痕迹。

我们静悄悄地偷着东西，把口袋装满。还总觉得不够，于是拿了一个布袋子，又装了一袋灯泡。卢西欧为了避免灯泡之间碰撞出声，用木屑塞到灯泡中间。

伊尔素贝塔的裤子鼓起一个大包，他在肚子那藏了那么多灯泡。

"你看看恩里克，都怀孕了。"

我们都笑了。

我们蹑手蹑脚地撤退。这些玻璃灯泡碰撞声仿佛远处的钟声。

回到图书馆门前，恩里克建议：

"我们进去找找书吧。"

"我们怎么开门？"

"我刚在小屋子看到一根铁棍子。"

"你知道怎么做最好吗？我们把灯泡包起来，卢西欧家离这最近，他可以带回家。"

这无赖嘟囔了句：

"滚！我不想一个人走……我可不想进'狮笼'①。"

看看这流氓罪恶的轮廓！他头都要从脑袋上跳出来了，绿色的领带还挂在敞开的衬衫上，再加上一顶帽檐拖到脖颈的帽子，脏脏的苍白的脸，展开的衬衫袖口套在了手套上，这就是这个厚脸皮、喜滋滋的手淫汉的标准形象，他还想把自己嫁接为炸房子的罪犯。

恩里克整理好灯泡后，去找那根铁棍了。

卢西欧发起了牢骚：

"恩里克真是个机灵鬼，你不觉得吗？他下套让我一个人走。"

"别说蠢话了。从这到你家就三个街区。你五分钟就可以打个来回。"

"我不喜欢这么干。"

"我知道你不喜欢……你太容易被激怒了，这也不是新鲜事儿了。"

"要是条子逮住我呢？"

"逃跑啊，你要腿干啥？"

恩里克进来了，像一条甩水的狗一样晃着身体。

---

① "狮笼"指监狱。

"现在怎么办?"

"给我吧,你瞧着。"

我用手绢包住铁棍的一头,伸到门缝里,我想想不该往地上用力,应该要向反方向用力。

门吱嘎响了,我停了下来。

"你再用点儿力。"恩里克催促道。

我加了把劲儿,这警报般尖锐的声音更响了。

"让我来。"

恩里克力气很大,原来的吱嘎声变成了一记干巴巴的爆裂声。

恩里克停了下来,我们不敢动,傻傻地呆住了。

"太野蛮了!"卢西欧抗议。

我们都能听到自己焦灼的呼吸声了。卢西欧主动关了手电筒,加上刚才的惊吓,使我们保持在埋伏姿势,一动也不敢动,手垂下来瑟瑟发抖。

我们的眼睛在黑暗中钻探,好像听到了后面传来的一些细微的声音。高度紧张使我们的耳朵格外灵敏,我们像雕塑一样待着,嘴唇充满期待地半张着。

"我们怎么办?"卢西欧轻声说。

恐惧断裂了。

我不知道哪里来的灵感，居然对卢西欧说：

"你拿上手枪，去楼梯口守着，楼下那个口。我们开始干活了。"

"谁去包灯泡？"

"现在你倒关心灯泡了？走吧，别担心。"

这邋遢鬼向空中抛手枪又优雅地接住，仿佛电影里的大盗，然后消失在黑暗之中。

恩里克小心地打开了图书馆的门。

里面全是旧书的味道，在手电筒光照下，我们看到一只蜘蛛从打蜡的地板上匆忙逃走。

涂上红漆的书架非常高，一直顶到天花板，手电筒的锥形光束扫着黑黑的书架，照亮了一排排的书。

庄严的玻璃柜给这黑暗带来了一种肃穆的感觉，在玻璃门后面，在各类皮质、布面和纸质书皮的书脊上，阿拉伯式花纹的卷首和书脊上的金色书名闪闪发光。

伊尔素贝塔靠近玻璃门。

手电筒射出的光从侧面照亮了他，勾勒出了他的侧影，脸颊鼓鼓的，眼珠一动不动，黑发和谐地绕过脑袋，直到没入后颈的肌腱。

他眼睛转向我，笑着说：

"这儿可有好书。"

"是啊，很好卖。"

"我们进来多久了？"

"大概半小时了吧。"

我坐在图书馆正中间的书桌的一角上，离门只有几步路，恩里克也学我的样子。我们累了。黑暗大厅的静默渗入了我们的精神，为其打开了记忆与不安的更大空间。

"告诉我，你为啥跟艾蕾欧诺拉分手？"

"我哪知道。你不记得了么？她还给我送过花呢。"

"然后呢？"

"她还给我写过情书。这事儿挺少见的。两人相爱的时候，互相都能猜到对方的想法。一个周日下午，她在家附近散步。不知道为什么，我也在那散步，但是路线与她正相反，于是我们相遇了。她没看我，就给了我一封信。她穿着粉茶色的裙子，我记得鸟儿们都在树上唱歌。"

"她说啥了？"

"简单的事情。说她会等……你发现了吗？她说她会等我长大。"

"很谨慎。"

"很严肃呢，切，恩里克！你能懂么。我在那儿，背靠着铁栅栏。天色渐渐变暗。她沉默着……有时候用另一种方式看着我……我很想哭……我们什么也没说……我们能跟对方说啥呢?"

"生活就是这样啦,"恩里克说,"我们看看书。卢西欧呢?有时候,他真让我生气。可真是个懒鬼!"

"钥匙在哪?"

"肯定在桌子的抽屉里。"

我们搜了搜书桌,在一个钢笔盒子里找到了钥匙。

他开了一个柜锁,我们开始搜寻。

我们抽出几册来翻看,恩里克是个行家,评价着"这不值钱"或是"这本值钱"。

"《金山》。"

"这本书市面上卖断货了。随便在哪都能卖出十个比索。"

"勒庞的《物质的演化》,还有插图呢。"

"这本我自己留着。"恩里克说。

"洛克特①,有机和无机化学。"

"把它放在这一堆书里。"

"《微积分》。"

---

① 奥古斯特·洛克特(Augusto Rouquette)是阿根廷 20 世纪初的化学家,通过热学分析矿物组成元素。

"这是高等数学。应该能卖挺贵的。"

"这本呢?"

"书名是?"

"《夏尔·波德莱尔的一生》。①"

"给我看看呢,递给我。"

"看上去像传记。不值钱。"

这册碰巧半开着。

"是诗歌哦。"

我高声读起来:

我爱你,就像夜晚的穹顶。

哦!悲伤的酒杯,哦!沉默的烧酒。

"艾蕾欧诺拉,"我想到了她,"艾蕾欧诺拉。"

我们开始进攻吧,快点,

就像在一具尸体前,一群吉卜赛人合唱着。

---

① 夏尔·波德莱尔(Charles Pierre Baudelaire),19 世纪法国诗人,象征派诗歌之先驱,现代派之奠基者,散文诗的鼻祖。

"切，你看，这诗很美吧？我要带回家。"

"好吧，你看，我在这包扎书，你包灯泡。"

"手电筒呢？"

"你拿过来好了。"

我听从恩里克的指示。我们在沉默中忙碌，我们长长的影子在天花板和地板上摇晃，因为光线太暗，棱角模糊，形象很是夸张。我习惯了危险的情境，没有任何不安会让我灵巧的双手变笨拙。

恩里克在书桌上放了好多书，随便翻看几页。我敏捷地包好了灯泡，这时走廊里传来卢西欧的脚步声。

他出现在我们面前，大惊失色，大颗汗珠挂在额头上。

"有个人来了……刚进来……快关手电筒。"

恩里克呆呆地看着他，机械地关掉了手电筒。我吓坏了，抓起一根不知道谁扔在书桌旁的铁棍。在黑暗中，我的额头不断发冷，仿佛罩了个冰罩子一样。

一个陌生人爬上了楼梯，他的脚步声不是很清晰。

突然，我的恐惧到了顶点，让我走了形。

我不再是那个爱冒险的男孩了。我的神经麻木了，我的身体像是一尊积满了犯罪冲动的阴沉的塑像，一尊四肢僵硬的塑像，蹲伏在感知的危机之中。

"会是谁呢？"恩里克叹了口气。

卢西欧用手肘推了推他。

他离我们越来越近了，他的脚步声回响在我耳边，将耳膜的悲伤与血管的颤抖联系了起来。

我昂着头，双手在头顶举着棍子，准备好应战，准备好给他来一棍子……我仔细地听，我的感官以一种美妙的速度分辨着声音的形态，追溯着声音的源头，猜测着出声之人的心理状态。

带着无意识的眩晕，我分析着：

"他靠近了……他肯定没思考……要是在思考的话，就不会这样着地了……他拖着步子走的……如果他怀疑我们，就不会这么用力地用鞋跟踩地了……这身体也这样……如果耳朵要寻找声音从哪来，眼睛要搜寻这些贼人的身体的话，他就会踮着脚尖走路了……他知道的……他很镇定。"

突然，一个沙哑的声音，在那儿唱起歌来，听起来像醉汉的声调：

真可恶，那天我认识了你，

哎，美女，哎，美女。

"他起疑了？没有……但是好像是……没……看看呢。"我以为我的心脏要爆裂了，用力把血推进我的血管里。

陌生人到了走廊里，再次嘟囔起来：

哎，美女，哎，美女。

"恩里克，"我轻声喊，"恩里克。"

没人回应我。

一个响嗝后，一股红酒的酸臭味儿随风飘来。

"是个酒鬼。"恩里克在我耳边悄悄说，"他要是过来，我们就堵住他的嘴。"

这个闯入者拖着步子走远了，消失在了走廊的尽头。他在转角处停了下来，我们听到他重重关上一道门，挣扎着上了锁。

"我们终于摆脱他了。"

"哎，卢西欧，你怎么不说话？"

"我高兴着呢，哥们儿，因为高兴。"

"你怎么看？"

"我刚才坐在楼梯上，就在那。突然，我听到一阵响声，我探头看了下，看到一道铁门开了。Voglio Dire①，太刺激了！"

---

① 意大利语，意为"我的意思是"。

"你看，要是这家伙跟我们打起来呢?"

"我给他削一个。①"

"现在我们怎么办?"

"我们怎么办? 走喽，是时候了。"

我们蹑手蹑脚地下楼，脸上挂着微笑。卢西欧带着那包灯泡。恩里克和我带着两大包重重的书。我不知道为什么，在楼梯的黑暗中却想到了太阳的光亮，我慢慢笑出了声。

"你笑啥呢?"恩里克嘟囔着问。

"不知道。"

"我们不会遇上什么条子吧?"

"不会，从这到家的路上没条子。"

"你早说过了。"

"而且还下着雨呢!"

"可恶!"

"怎么了，切，恩里克?"

"我忘了关图书馆的门了。给我手电筒。"

我递了过去，伊尔素贝塔大步消失在黑暗中。

我们坐在大理石楼梯上等着他。

---

① 原著使用 enfriar 即冷冻的意思，表示杀害。

我冷得发抖。雨水猛烈地敲打在院子的地砖上。我的眼皮不自觉地耷下来，在一个遥远的夜晚，在一棵黑杨树旁，那个我深爱的女孩祈求的身影，从我脑中划过。我内心的声音，顽固地强调：

"我爱过你的，艾蕾欧诺拉！啊！你要是知道，我有多爱你！"

恩里克回来了，腋下又夹了几册书。

"这是啥？"

"这是马尔特·布戎①的《地理》。我自己留着。"

"你关门了么？"

"关了，我尽力了。"

"门关好了？"

"看不出什么来。"

"切，那个酒鬼呢？他会用钥匙锁上大门吗？"

恩里克的念头是对的。大门是虚掩着的，我们鱼贯而出。

雨水哗哗的，像沸腾起来了，在两边的人行道上奔腾，发泄完愤怒之后，雨就变小了，密密麻麻地、顽固地落下来。

尽管扛着一大堆东西，谨慎与害怕还是加大了我们腿的敏

---

① 马尔特·布戎是 18 世纪末 19 世纪初，法籍丹麦裔的地理学家。

捷度。

"这次打得漂亮。"

"是啊,漂亮。"

"怎么样,卢西欧,我们把东西先放你家?"

"别说傻话了,明天就去卖掉吧。"

"我们拿来了多少个灯泡?"

"三十个。"

"干得漂亮。"卢西欧重复了我们的话,"书呢?"

"我估计七十比索。"恩里克说。

"几点了,卢西欧?"

"大概 3 点了。"

不,不算晚啊,但是疲劳、痛苦、黑暗和沉默,树上的水滴在我们冰冷的背上,这些都让我们感觉这夜晚是永恒的。恩里克忧伤地说:

"嗯,太晚了。"

我们瑟瑟发抖,疲倦地进入卢西欧家。

"慢点儿,切,不要把两个老太太吵醒。"

"我们把东西藏哪儿?"

"等等。"

门慢慢地在铰链上转动了。卢西欧进了房间，开了灯。

"进来吧，切，这是我的小破屋。"

衣柜在一个角落，一张白色的小木头桌，一张床。床头有个黑色的基督，张着扭曲的手臂，一幅画框里，利达·波列利①痛苦极了，看向天花板。

我们疲惫极了，倒在了床上。

我们半睡半醒，疲劳加深了黑眼圈的颜色。我们静止的瞳孔盯着白墙，觉得它有时近，有时远，像是发烧时的幻觉一般。

卢西欧把这几个包藏在了衣柜里，坐在床边陷入深思，两只手握住一个膝盖。

"《地理》书呢？"

沉默再次压在潮湿的精神上，压在我们苍白的脸上，压在我们青紫色半张开的手上。

我阴郁地起身，目光仍钉在白墙上。

"把手枪给我吧，我走了。"

"我跟你一起走。"伊尔素贝塔从床上坐起来，我俩消失在了黑暗的街道中，一言不发，一脸严肃，弓着背。

我刚脱完衣服，三声猛烈的敲门声响起，这声音这么急促，

---

① 利达·波列利（Lida Borelli）是 19 世纪末 20 世纪初意大利的女演员。

我头发都竖了起来。

我在一片晕眩中想着：警察来抓我了……警察……警察……我灵魂都喘着气。

嗷叫般的敲门声又重复了三声，越发焦急，越发猛烈，越发急促。

我拿起了手枪，光着身子出了门。

我刚开一条门缝，恩里克就晕倒在我怀里了。几本书滚到了地上。

"关门，关门，他们来抓我了。关门，西尔维奥。"伊尔素贝塔沙哑地说着。

我从走廊把他拖到阳台上。

"怎么了？西尔维奥，发生什么事了？"我母亲从房间喊道，声音惊恐。

"没事，别说话……一个巡夜的在追恩里克，他打了场架。"

在夜晚的寂静中，恐惧成为审判正义的同伙儿，一个条子的哨声响起，一匹马飞奔穿过路口。这恐怖的声音又响起了，数量翻倍，在不同的地方重复着。

这些巡警的哨声像是在空中交会的蛇。

一个邻居开了大门，传来一阵对话声，恩里克和我在阳台的阴暗里，互相抱着对方，瑟瑟发抖。让人不安的哨声在各个地方响起，无穷无尽，我们听来越发害怕。我们听到了追击罪犯的过程中的马蹄声，马在狂奔，在滑滑的石子路上急促地勒马的声音，条子们撤退的声音。我抱着这个被追击的罪犯，他的身体紧靠着我，恐惧得瑟瑟发抖，我对这个垮掉的少年感到无尽的怜悯。

我把他拖到了我的房间。他的牙齿打着战，身体害怕得直哆嗦，跌落在椅子上，他慌张的瞳孔因恐惧而放大，直盯着玫瑰色的灯罩。

街上又跑过一匹马，但是速度很慢，我以为它要停在我家门口了。巡警给了马一鞭，哨子声也越来越少，最后完全消失了。

"水，给我水喝。"

我给他递了个凉水瓶，他大口喝着。水在他嗓子眼唱着歌。一声长叹使他缩起了胸。

他的目光依然盯着玫瑰色的灯罩，一种奇怪又不确定的微笑浮现了出来，像从一种幻觉般的恐惧中惊醒。

他说：

"谢谢你，西尔维奥。"他还笑着，始料未及的救赎奇迹无限放大了他的灵魂。

"你得告诉我，究竟发生了什么？"

"哎。我在街上走着。当时没任何人。在南美街转弯时，我发现，一个巡警举了个灯照着我。我不自觉地停住了，他就对我叫：'你手里拿着什么?'"

"我什么都没说，就像个魔鬼一样狂奔。他在后面追我。他穿着斗篷，追不上我……我把他甩在很后面……在远处我看到另外一个巡警，骑着马……哨声，追我的人吹响了哨子。我发了狠，跑到了这里。"

"你看到了……谁叫你不把书放在卢西欧家里……你看万一被逮住呢?"

"他们会把我们都关进'狮笼'。"

"书呢? 你没丢在街上吧?"

"没，掉在走廊上了。"

我们去找书的时候，我不得不跟妈解释下：

"不是什么大事。事情是这样的，恩里克在街上跟人玩台球，不小心把台球桌的布料扯坏了。店主想要他赔，他拿不出钱，就发生了点儿口角。"

我们去了恩里克家。

一道红色的光穿过提线木偶房间的窗户。

恩里克在角落里思考着，一道大大的皱纹在发根和眉毛间把他额头划开。卢西欧侧躺在一堆脏衣服里抽烟，烟雾包裹着他苍白的脸。厕所上面，邻居家传来一支缓慢演奏的华尔兹钢琴曲。

我坐在地上。一个红绿相间的没腿的铅质士兵模型，从破旧的纸盒子里盯着我。恩里克的姐妹们在那吵架，声音真难听。

"然后呢？"

恩里克抬起了高贵的脸，看着卢西欧。

"然后？"

我看着恩里克。

"你怎么看，西尔维奥？"卢西欧接着说。

"没必要做任何事，我们得停一停，不然，我们会落网的。"

"前天晚上，我们两次差点儿落网。"

"对，事情再清楚不过了。"卢西欧第十次高兴地重读了这报纸上剪下的片段：

"今日凌晨三点，曼努埃尔·卡尔雷斯警官在阿维亚内达街与南美街之间巡逻时，突然发现了一个可疑的路人，腋下夹着一个包裹。当他要求此陌生人站住时，此人开始逃跑，消失在周围的空地中。三十八区的警局已负责调查此案。"

"这么说，俱乐部要解散了？"恩里克说。

"不，我们中断一段时间的行动。"卢西欧答道，"在警察嗅得出气味的时候，可不能计划开工。"

"对的，我们不能干蠢事。"

"书怎么办?"

"有几本?"

"二十七本。"

"一个人九本……但是不能忘了把学校委员会的印章涂掉。"

"灯泡呢?"

卢西欧赶紧回答:

"你们看,切,灯泡的事我再也不想管了。我宁可把它们扔进厕所,也不愿去卖。"

"对,现在是有点儿危险。"

伊尔素贝塔没说话。

"切,恩里克,你很难过吗?"

一个奇怪的微笑扭曲了他的嘴,他耸了耸肩,直了直身体说:

"你们放弃了,当然,这不是大家都能玩的游戏,但是我要继续下去,就算你们丢下我一个人。"

在摆满木偶房间的墙上,红色的光线照亮了这个少年消瘦的轮廓。

第二章 工作与生活

房东涨了房租，我们不得不从这个街区搬出去，搬到了弗洛雷斯区深处，昆卡街上的一所倒霉的破房子里。

我不再去见卢西欧和恩里克了，一种残酷的黑暗笼罩着我的生活。

我已经满了十五岁，一天下午，我母亲对我说：

"西尔维奥，你得工作了。"

我正在桌旁看书，生气地抬眼看了看她。我想，工作，又来讲工作。我没回她。

她站在窗前。蓝色的光照在她发白的头发上，黄色的额头上满是皱纹，她斜着眼看着我，又生气、又可怜我，我避开她的眼神。

她明白我沉默中的火药味儿，但依然坚持。

"你得工作了，明白吗？你又不想学习。我可养不起你。你必须得工作。"

她说话的时候，几乎没动嘴唇，两片嘴唇薄得像两块饼干。她把手藏在黑色大披肩的褶皱里，披肩搭在这个瘦小身躯的削肩上。

"你得工作，西尔维奥。"

"工作，做什么工作呢？上帝啊……您要我做什么？变个工作出来啊？您也知道，我努力找过了。"

我气得发抖，对她固执的话生气，厌恶这世界的冷漠，厌恶每天的捉襟见肘。同时，我还有一种莫名的悲伤，那是对自己无能的确信。

而且她还只会重复同样的话，就会那几句。

"做什么？你说呀，做什么？"

她机械地靠近窗户，紧张地抚摸着窗帘的褶皱，然后费劲地说出：

"《媒体报》总是缺人……"

"是啊，他们要洗盘子的，工人……你想让我去洗盘子吗？"

"不，但是你得工作了。我们剩下的钱只够让莉拉上完学。其他的什么都不够。你想让我怎么办？"

她提起裙子给我看一双破旧的鞋，说道：

"你看看我的鞋。莉拉为了不花钱买书，每天都去图书馆学习。你想要我怎么办，儿子？"

现在她的声音充满忧伤。一道深深的皱纹在发根和眉头之间将她的额头分开，她嘴唇都发抖了。

"好了，妈妈，我会去工作的。"

这太难过了。这蓝色的光将我们生活的单调铆在灵魂上，沉默地抖动，发出臭味。

外面传来一群孩子悲伤的歌谣：

　　　　守卫下的塔，

　　　　守卫下的塔，

　　　　我想征服它。

妈妈低声叹了口气：

"我多想你能上学。"

"没什么用。"

"莉拉毕业的那天……"

她的声音是温和的，带着痛苦的厌倦。

她坐在了缝纫机旁，侧着身，细眉下面，像黑洞一样的眼睛闪出了忧伤的白光。她可怜的背弯了，顺直的头发上闪现的蓝色光泽显出了一种冰块般的清晰。

"我想……"她嘟囔着。

"你难过吗，妈妈?"

"没。"她回答。

她突然说:

"要不我跟纳伊达斯先生说说? 你可以去做装修学徒。你喜欢这个行业吗?"

"我都行。"

"这行业钱挣得多。"

一股冲动让我站立起来，抓住她的双臂，使劲摇晃，对着她的耳朵大喊大叫:

"你别跟我说钱，妈妈，拜托! 你别说了……闭嘴吧!"

我们俩静止不动，痛苦地待在那。外面的孩子们依然唱着悲伤的歌谣:

守卫下的塔，

守卫下的塔，

我想征服它。

我想:

"生活就是这样，等我长大了，有孩子的时候，我就会对他说，你得工作了，我养不起你了。生活就是这样。"我在椅子上打了一阵冷战。

我看着她瘦小的身体，突然心里充满了悲伤。

我仿佛在时空之外看到了她，在一个干旱的地方，一片棕色的草原，天空蓝得像金属。我还那么小，都还不会走路，她被生活的阴暗打击得异常痛苦，沿着人行道走着，把我抱在手中，用胸暖着我的膝盖，将我的小身体紧紧贴在她瘦弱的身体上，向行人乞讨。给我喂奶时，一股抽泣堵住了她的嗓子，她从饥饿的口中省下面包喂给我，她牺牲自己的睡眠来照顾我的不满。她眼睛闪闪发光，衣衫却褴褛，她那么小，那么难过，张开怀抱，像纱巾一样呵护着我的睡眠。

我可怜的妈妈！我多想拥抱她，将她苍白的脑袋靠向我的胸口，请她原谅我粗鲁的话语。突然，在我们很长的沉默中，我用发抖的声音对她说：

"好的，我会去上班的，妈妈。"

妈妈小心翼翼地回应：

"好的，儿子，好的……"深深的痛苦再次封住了我们的嘴。

外面粉红的墙头上，在天空的蓝色之中，闪着一个银色的四线谱。

堂加埃塔诺有一家书店，准确地说，是用来买卖旧书的，地址在拉瓦耶街 800 号。这是一个很大的大厅，堆满了书，恨不得堆满天花板。

店面很大很阴暗，像是特洛佛尼的魔术山洞。①

只要目光所及，就全是书：架子上搭块板做成的简易桌子上有书，柜台上有书，角落里有书，桌子底下和地下室也都是书。

宽大的橱窗将这"洞穴"书店的内部展示给行人看，在外墙上挂着民间流传的史书和《布拉班特的吉纳维芙》和《穆索利诺的冒险》②。对面，仿佛一个养蜂场，电影院门口人头攒动，铃铛声响个不停。

堂加埃塔诺的妻子在门口的柜台那儿，负责招待客人。她是个白白胖胖的女人，栗色头发，眼睛透出绿色的残忍的眼神。

"堂加埃塔诺在吗？"

她给我指了指穿着衬衫的高个男子，他在门口看着行人来来往往。光光的脖子上系了条黑领带，宽宽的额头上散落着卷曲的头发，在两侧头发的小卷中能看到他耳朵的一角。他长得很好看，很强壮，皮肤黝黑，长长的睫毛，水汪汪的眼睛，但看上去

---

① 特洛佛尼是希腊神话里的著名建筑师，为赫勒乌斯王设计了一个存宝藏的山洞。

② 中世纪的传奇小说。

不让人信赖。

他拿着别人给我写的推荐信，读了读，然后把信递给他妻子，就回头上下打量我。

他额头上的皱纹很深，想把人看透，态度倒是和蔼，我猜他天生不信任人，为人狡诈，同时嘴还甜，在他的大笑声中有一种抹了蜜的伪善和虚假的宽容。

"你之前在书店工作过?"

"对的，老板。"

"之前活儿多吗?"

"挺多的。"

"但他们书没这儿多，对吗?"

"哦，对，连这十分之一都不到。"

随后，他问妻子:

"摩西乌再不来上班了吗?"

他妻子生硬地说:

"这些穷小子都这样。快饿死的时候就来这做学徒，最后一声不吭地走了。"

她用手掌撑着下巴，绿色衬衫的袖子露出一段胳膊。她冷酷的眼睛一动不动盯着忙碌的大街。电影院的铃铛声还在不停地响，一道阳光穿过两座高墙之间，照亮了达尔多·罗查①大楼阴暗的墙面。

"你想挣多少钱？"

"我不知道，您说吧。"

"好吧，你看……我给你一个半比索，包吃包住，你会比王子还幸福，我可以打包票。"他低下满是鬈发的脑袋，"这里没有上下班时间……最忙的时候是晚上 8 点到 11 点……"

"啊？晚上 11 点？"

"你还想要啥？你这样的男孩 11 点难道不是在街上盯着漂亮姑娘吗？不过我们早上起得晚，10 点才起来。"

我想起堂加埃塔诺对我的推荐人保有的肯定态度，只得说：

"好吧，但是我需要钱，您可以每个礼拜付我钱吗？"

"怎么，你不信任我们？"

"不是这个意思，女士，我家太需要钱，我们太穷了……请您理解……"

这女人回头继续盯着街上，眼神充满了侮辱。

"好吧，"堂加埃塔诺接着说，"你明天 10 点来我公寓吧，我

---

① 达尔多·罗查（Dardo Rocha），阿根廷政治家与海军军官，是拉普拉塔市的创立者。

住在埃斯梅拉尔达街。"他把地址写在一张纸上交给了我。

女人没回应我的招呼。她一动不动,脸颊依然托在手心里,露出的手臂撑在书脊上,眼睛盯着达尔多·罗查大楼,像是装书籍的洞穴诡秘的守护神。

上午9点,我到了书店老板家楼下。在楼下避了避雨,就进入了门厅。

一个大胡子老头,脖子上围着绿色的围巾,头戴一顶盖耳的帽子,迎上来:

"您需要什么?"

"我是新员工。"

"上去吧。"

我从楼梯间爬上去,台阶真是脏。

我到走廊的时候,他跟我说:

"您等一下。"

在朝街的对着阳台的窗玻璃后面,能看到一个巧克力色的铁质店标。小雨慢慢滑过凸起的釉彩。远处,两个大水罐之间的烟囱朝这似用水针缝合的空间里吹着粗粗的白烟。

街上的有轨电车的铃声不断重复着,在电车和电线之间,闪着紫色的火花。不知从哪传来破音的公鸡的啼声。

我看着那座被抛弃的房子，突然感到一阵悲伤。

门上的玻璃没有带窗帘，内窗也关着。

在大厅的角落，满地是灰的地上，有一块硬面包，空气中弥漫着酸糨糊的味道，大概是因为长期潮湿而发出了某种臭味。

"米盖尔。"女人从里面叫喊着，脾气暴躁。

"来了，太太。"

"咖啡好了吗？"

老人伸出双臂，握紧了拳头，穿过一个潮湿的院子去厨房。

"米盖尔。"

"太太。"

"艾乌赛比亚带来的衬衫在哪？"

"在小衣箱里，太太。"

"堂米盖尔。"男人奸诈地说道。

"请讲，堂加埃塔诺。"

"您还好吗？堂米盖尔。"

老人从左到右摇了摇头，悲伤地抬起眼睛看着天。

他高高瘦瘦的，长脸，松垮的脸颊上长着三天没刮的胡子，表情可怜，一如落荒而逃的小狗，满眼眼屎。

"堂米盖尔。"

"请讲，堂加埃塔诺。"

"去给我买一份《前进报》。"

老人走了出去。

"米盖尔。"

"太太。"

"给我带一斤方糖，让他们别偷斤少两。"

一扇门打开了，堂加埃塔诺出来了，双手提上门襟，在额头
的鬈发上还有一小把破梳子。

"现在几点了？"

"我不知道。"

他看了下院子。

"倒霉天气。"他嘟囔着，然后开始梳头。

堂米盖尔拿着糖和烤面包回来了，堂加埃塔诺说：

"你把篮子拿来，然后带点咖啡到店里去。"他戴了个有油污
的毡帽，然后拿过老人递过来的篮子，又递给了我，说：

"我们去菜市场。"

"去菜市场？"

他立刻抓住我说：

"给你个建议，切，西尔维奥。我可不喜欢说两遍。在菜市
场才知道自己要吃什么。"

我悲伤地拿着篮子走在他后面，这篮子厚颜无耻地大，敲着

我的膝盖，让穷人的痛苦更加深重，更为可笑。

"菜市场很远吗?"

"不远，在卡洛斯·佩列格里尼街。"他苦着脸看着我，说，"你好像觉得拿着篮子很羞耻。正直的人只要是在工作都不觉得羞耻。"

我的篮子碰着了一个时髦的年轻人，他气愤地看了看我。一个红发的门童穿着镶着金边的精致制服，嘲讽地看了我。一个从我身边经过的小流氓，装得不经意一样，在篮子后面踢了一脚。胡萝卜色的篮子，厚颜无耻地大，让我显得过于滑稽。

哦，太讽刺了! 我曾梦想成为像罗坎伯乐那样的大盗，像波德莱尔一样的天才诗人!

我想:

"为了生活要遭这么多罪吗? 所有这些……提着篮子经过那些光鲜亮丽的橱窗……"

我们几乎一整个上午就在普拉塔菜市场里闲逛。

堂加埃塔诺真是个好人!

他要买个圆白菜，或是一块南瓜，或是一把生菜，就会走遍所有的摊位，跟卖菜的为了五分钱争执不休，用方言互骂脏话，我听不懂。

什么人啊! 他像个狡猾的农民，装傻的仆役，当他知道骗不了人的时候，就说些俏皮话。

他总跟那些女清洁工和女仆混在一起，打探一些琐碎小事，这本不该他操心。他还像小丑一样四处打招呼，凑近卖鱼的锡质柜台，仔细检查鳕鱼和银汉鱼的腮，尝几只虾，事实是他一丁点儿海鲜都没买。然后去卖猪下水的摊位和卖老母鸡的摊位，买之前总是要闻一闻，用手反复摸摸，一副不信任的样子。如果商贩生气了，他就冲他们喊，说自己可不想被骗。他清楚得很，这些人是骗子，如果因为他单纯就把他当傻瓜，那就大错特错了。

他的单纯是骗人的，他的愚蠢则是精明的流氓行为。

他是这么做的：

以一种让人绝望的耐心，挑选一颗圆白菜或花菜。他问了价格，看起来挺满意，突然，他看到另外一棵更美味或更大的菜，就抓住不放，与卖菜的开始争论，互相指责对方欺骗了自己，辱骂对方，哪怕只是为了一分钱。

他真是一肚子坏水。从来不按说好的价付钱，而是随便扔给商贩一些钱。有一次，我把选好的菜放进了篮子，堂加埃塔诺离开柜台，手指在口袋里摸来摸去，拿出钱币来数，数完再数一遍，蔑视地扔在柜台上，就好像商贩欠了他钱，然后快速离开。

如果商贩冲他喊，他就回应说：

"你脾气好点儿。"

他特别爱行动，而且很眼馋，看到商品的价格标签就会陷入陶醉。

他走近猪肉铺询问腌肠的价格，仔细检查着红色的猪头，慢慢转动猪头，不顾穿白围裙的大腹便便的店铺主人冷漠的目光，抓耳挠腮，极为惬意地盯着钩在铁钩上的猪排、切成薄片的腌猪肉，假装需要解决脑子里盘旋的问题。然后去另外一家摊位捏块奶酪吃吃，或是数数一捆有几根芦笋，或是在洋蓟和萝卜上摸摸搞脏了手，又去吃南瓜子或对着阳光观察鸡蛋，看到几堆潮湿、坚固、鲜黄色的黄油块，闻起来还像是乳清，就手舞足蹈。

大约下午两点，我们开始吃午饭。堂米盖尔将盘子放在一个煤油箱上吃，我在一张放满了书的桌子上吃，那胖女人在厨房吃，堂加埃塔诺在柜台上吃。

晚上 11 点，我们离开了这洞穴般的书店。

堂米盖尔和胖女人在光洁的路中间走着，挎着篮子，里面的咖啡器具碰撞出声。堂加埃塔诺，将手塞进口袋，头顶戴着帽子，一撮头发掉在了眼睛上，我跟在他们后面，想着我上班的第一天是多么的漫长。

我们上楼，到走廊的时候，堂加埃塔诺问我：

"你带了床垫子吗？"

"我没有。为什么?"

"这里有张小床,但没有床垫。"

"有没有什么能盖的东西?"

堂加埃塔诺看了看四周,然后打开了餐厅的门,在桌子上有一块绿色的桌布,很重,有很多绒毛。

堂娜玛利亚进了卧室,堂加埃塔诺拿起毯子的一端,扔到我肩上,嘟囔着:

"你好好待着吧。"他没回应我的晚安,就在我鼻子前关上了门。

我看着米盖尔,不知所措。他非常生气,恶毒地诅咒:"啊!臭上帝!"然后走开了,我在后面跟着他。

这面黄肌瘦的老人住的小房间,我从这时起就把他叫作"臭上帝",这是个奇葩的三角形的阁楼,一个圆圆的窗户对着埃斯梅拉尔达街,可以看见路上的霓虹灯。牛眼状的玻璃破了,灌进风来,墙上钉着一个托盘,上面放着蜡烛,黄色的火苗被风吹得跳动起来。

靠墙有一张剪刀状的折叠床,其实就是两根交叉的棍子上盖上了帆布,帆布钉在了棍子上。

"臭上帝"去天台上撒了尿,然后坐在一个箱子上,脱下帽子和鞋。为了抵御晚上的寒冷,仔细围好围巾,小心翼翼地躺在床上，用毯子盖住全身，一直盖到了胡子那里。这毯子其实是装着破布的麻袋。

蜡烛逐渐暗淡，照着他的侧脸，长鼻子红红的，平平的额头满是皱纹，脑袋上没毛，耳边还残留了一些灰色头发。风灌进来不大舒服，"臭上帝"就伸手拿了帽子戴上，盖住耳朵，然后从口袋里拿出一支烟，点着了，吐出一大口烟，把双手放在后颈，在黑暗里看着我。

我开始检查我的床。床很破，看来很多人在这遭过罪。弹簧的尖角都穿破了布面，弹簧露在外面，就像一个个起瓶器，将弹簧连在一起的钢丝被换成了电线，胡乱捆住。

今晚我可不会舒服，我先确认这床是稳定的，然后就模仿"臭上帝"脱了鞋，拿一捆报纸包上鞋当枕头，用那个绿色的桌布盖住身体，让自己睡在了这张破床上，我居然成功睡下了。

毫无疑问，这是张赤贫的床，一个连犹太人都要扔掉的废物，是我见过的最让人心绪不宁的床。

弹簧戳着我的背，好像要把我像烤排骨一样串起来。坚硬的钢丝网上有一块陷了下去，另外一端就鼓起一个包，这么看弹性可真不赖。只要我一动，这床就吱嘎叫，声音可真大，像是一套没上润滑油的齿轮。我找不到任何舒服的姿势，桌布上硬硬的绒毛刺痛着我的嗓子，鞋锋利的边缘让我的脖子麻木，弹簧的螺旋夹着我的肉。我忍不了了：

"哎，臭上帝！"

这老人像乌龟一样，将头从麻袋中间伸出来。

"请讲，堂西尔维奥。"

"他们为什么不把这张破床扔进垃圾桶？"这前辈老人，居然翻了白眼，跟我长叹一声，就像上帝是人类遭受的所有不公正的见证人。

"喂，臭上帝，没有别的床了吗？这儿没法睡。"

"这个家真是个地狱，堂西尔维奥……地狱。"突然他声音变小了，很害怕被人听到，"这……那女人……食物……啊，臭上帝，这是什么事儿啊！"

老人关了灯，我想：

"看来板上钉钉，我真是越过越糟。"

突然我听到雨落在锡质天窗上。

突然，一阵让我窒息的哭泣声震动了我。那是老头在哭，为自己的苦难和饥饿而哭。

这就是我工作的第一天。

晚上，有时候我脑海中会有小姐们的脸浮现，她们拿着甜蜜的剑刺向我。然后我们之间越来越远，灵魂让我们变得黑暗和孤独，就像一场盛宴之后。

这事儿很少发生……她们走了，我们再也没看到她们。但是，有天晚上，她们陪着我们，盯着我们呆呆的眼睛……我们受了这甜蜜的剑伤，想象着与这些女人们的爱情是什么样，当她们的头埋进我们的身体是什么感觉。我能感到的是精神上哀伤的干旱，粗暴又强制性的异常快感。

我们想着她们如何将脑袋倒向我们，将半张的嘴唇朝向天空，她们如何因为欲望难耐而晕倒。在这梦幻的时刻，就算晕倒，她们美丽的脸庞也不减分。她们怎么会来占据了我们的夜晚？

我连续几个小时，在脑海里追着那位白天让我陷入爱的刻骨渴望的小姐。

我慢慢思索着她那可爱、让人害羞的迷人之处，她那张为了无尽的吻而生的嘴唇，看到她顺从的身体贴在引诱她犯错的肉体上，坚持让她放弃自己就能获得快感，执着于她那可被摧毁的美妙的微小的部分。我眼睛盯着她的容颜，盯着她年轻的身体，这身体将会迎接暴风雨，也会迎接母性，她向我可怜的肉体伸出一只手臂，在惩罚我肉体的同时，也让它接近了快乐。

那时，堂加埃塔诺从街上回来了，走向厨房。他阴沉着脸看着我，但什么也没说，我在糨糊罐子旁猫着腰，在糊着一本书，心想：暴风雨就要来了。

果然，一会儿之后，这对夫妻吵起来了。

这白女人，一动不动，将手肘靠在柜台上，手里将一块绿色的三角围巾揉成了团，凶残的目光盯着丈夫的脚步。

堂米盖尔，在小厨房里的一个沾满油污的池子里洗盘子。围巾的角落触碰着锅的边缘，蓝红格子的围裙用细绳系在腰间，防止水花溅在身上。

"这算什么家啊，臭上帝！"

我得提醒下，这破厨房，这个我们消遣的地方，在令人作呕的厕所对面，缩在这个洞穴的一角，背面就是书架子。

脏脏的木板上，沾满了蔬菜残渣，还有小肉屑和土豆块，堂米盖尔就拿这些做自己可怜的午饭。从我们贪婪的口中硬抠出来的菜就做成晚饭，一碗荒唐的炖菜。"臭上帝"真是这个洞穴的天才和魔术师。我们在这抱怨自己的倒霉运气，堂加埃塔诺有时也躲进来，在黑暗里思考他婚姻的烦恼。

厌恶在女人胸口发酵，最终定要爆炸。

只需要任何一个细小的动作、任何一个琐碎的事情来引爆。

被怒气麻木了的女人，突然离开了柜台，在地砖上趿拉着她的拖鞋，手里揉着那块三角围巾，嘴唇紧闭，眼珠静止，去找她丈夫了。

我还记得那天的场景。如往常一样，那天早上堂加埃塔诺假装没看到她，哪怕她就在三步之外。我看到他将头低下来，假装看书名。

这白女人站在那，一动不动。她的嘴唇像树叶一样颤抖。

然后用一种声音——这声音让这生活可怕的单调变得危险——说道：

"我以前很漂亮。你到底对我的生活做了什么？"

她额头上的头发颤抖着，仿佛是风吹起来的。

堂加埃塔诺的身体一阵颤抖。

一种绝望让她嗓子肿了起来，她扔下几句狠话，火药味十足：

"我养活了你……你妈是什么人？难道不是一个跟所有男人上床的婊子？你到底对我的生活做了什么？"

"玛利亚，够了！"堂加埃塔诺的声音似洞穴里发出来的。

"好吗，谁把你从饥饿中拯救出来，谁给你穿衣服？我，是我给了你吃的，你是坨狗屎……"女人的手抬了起来，好像要给男人的脸来上一巴掌。

堂加埃塔诺颤抖地退后了几步。

她痛苦地抽泣，这抽泣充满了火药味：

"你到底对我的生活做了什么……臭猪？我在家像朵花盆里

的康乃馨，完全没必要和你结婚，狗屎……"

女人的嘴唇剧烈地扭曲，就好像嚼着一种黏稠的、可怕的厌恶。

我去驱赶门口看热闹的人。

"随他们去，西尔维奥。"她吼着命令我，"让他们听听这不要脸的人是谁。"她瞪大绿色的圆眼睛，脸仿佛要凑过来，这脸白得像一个屏幕，而且越发苍白：

"要是换了其他人，要是当初我偷偷懒，还能过得更好……还能远离你这头猪。"

她停了下来，休息下。

现在堂加埃塔诺去招呼一位穿着长风衣的先生了，这位先生的金色眼镜架在细长的鼻子上，鼻子被冻红了。

女人看他那么无动于衷，非常生气，这男人看来是习惯了这样的场景，宁可被辱骂也不愿损失一笔生意，女人大叫：

"别理他，先生，您不觉得他是个那不勒斯的骗子吗？"

这老人回头看到这愤怒的女人，惊呆了，她说：

"一本原价四元的书，他卖您二十。"堂加埃塔诺没回头，这客人脸涨得通红，大叫：

"对，你真是个骗子，骗子！"他吐了口唾沫，表示愤怒又恶心。

老人推了推眼镜说：

"我改天再来吧。"他很生气地走了。堂娜玛利亚拿起一本书，突然向堂加埃塔诺的头上扔过去，然后一本接一本地扔。

堂加埃塔诺像是气得窒息了。突然抓住自己的脖子，解开黑色领带，向女人脸上扔过去。然后待在那儿，好像太阳穴被重击了一样，然后开始奔跑，跑到了大街上，眼珠子都要跳出眼眶了，在人行道中间，摇着光头，像个疯子一样，向行人指着他老婆，张开手臂，大喊着，声音因为愤怒而变得不自然：

"野兽啊！野兽！禽兽!"

她看来很满意，对我说：

"你看到了吧？不值得……无赖！我向你保证，有时候我想抛弃他。"她回到柜台，叉着手臂，继续无精打采地发呆，用凶残的眼神盯着街上。

突然她说：

"西尔维奥。"

"是，太太。"

"他欠你几天工钱?"

"三天，包括今天，太太。"

"拿着，"她把钱递给我，接着说，"你别信他，他是个大骗子……他骗了一家保险公司。只要我说出来，他早就在监狱了。"

我去了厨房。

"你怎么看，米盖尔？"

"简直是地狱啊，堂西尔维奥。这是什么生活啊！"老人抬起拳头威胁着，长叹了口气，然后将头靠在水池上，继续削土豆皮。

"这妓院是怎么回事？"

"我不知道，他们没孩子，他没用。"

"米盖尔。"

"是，太太。"

一个尖锐的声音命令道：

"你别做饭了，今天不吃饭。谁要是不高兴，就请搬出去。"

这等于是个恩典。这骨瘦如柴的老人的脸上滚下了几颗眼泪。

过了一会儿。

"西尔维奥。"

"太太。"

"拿着，五十分。你随便去哪吃饭吧。"

她用三角围巾裹住双臂，恢复了她惯常的凶恶的姿势。青紫色的脸颊上淌下两粒白色的眼泪，慢慢滑落到嘴角。

我很感动，嘟囔着："夫人……"

她脸动都没动，眼睛看了看我，露出怪异抽搐的微笑。

"你走吧，5点回来。"

我利用下午空闲的时间，去看了下文森特·迪莫泰欧·索萨，他是研究神秘科学和其他通神术的，一个我不认识的人把我推荐给了他。

我按了下门铃，门外能看到大理石楼梯，红色的地毯被铜杆子压住，太阳透过厚重的铁门的玻璃照了过来。

门卫缓慢地走下来，穿着黑色制服。

"您有什么需要？"

"索萨先生在吗？"

"您是谁？"

"阿斯铁尔。"

"阿斯……"

"对，阿斯铁尔。西尔维奥·阿斯铁尔。"

"请等下，我看看。"他从头到脚打量了我一番，然后消失在迎客厅的门口，门后有黄白相间的长长的帘子。

这道重重的门终于再次打开了一半，门卫严肃地告诉我：

"索萨先生说，请半小时后来。"

"谢谢……谢谢……再见。"我脸色苍白地走了。我在附近的快餐店里坐下来，向店员要了杯咖啡。

"毫无疑问，"我想，"索萨先生肯见我，一定是同意给我职位。"

"不，"我接着想，"我没理由往坏里想索萨先生……他那么忙，完全可以不见我的……"

啊，迪莫泰欧·索萨先生！

一个冬日的上午，一个通神者德梅特里奥把我介绍给了他，他想帮我改善下生活。

当时我们坐在大厅，围在一张雕花的、波浪边的木桌旁，索萨先生剃光了胡子的脸颊亮亮的，眼镜后的眼珠子很活跃，跟我们说话。我记得他穿着长绒睡衣，上面有珍珠扣子和海狸皮袖口，就像一个皮革批发商，他能跟魔鬼说话来消遣自己。

我们聊着天，关于我的性格，他是这么分析的：

"头发上有旋，有点难以驯服……后脑勺比较平，思维理性……脉象抖动，性格浪漫……"

索萨先生冷漠地对着通神者说：

"我让这个黑鬼去学医学，您觉得如何，德梅特里奥？"

通神者表情没变化：

"好的……尽管所有人都对人类有用，无论其社会地位有多低。"

"呵呵。您一直是个哲人。"索萨先生又转头对我说：

"这个……阿斯铁尔朋友，请写下现在您想到的事情。"

我犹豫了下，然后接过他给我的金笔，写道：

"石灰湿了以后会沸腾。"

"有点无政府主义，哎？小心你的脑袋，小朋友……小心哦，二十到二十二岁，你会过劳。"

我不明白，问道：

"什么是过劳?"

我的脸变苍白了，现在想起来都感到羞愧。

"就是一说。"他纠正了下，"我们的感觉最好要被控制住。"他接着说：

"德梅特里奥跟我说过，您好像发明了什么东西。"

阳光透过玻璃门射进来，一阵对贫困的回忆让我陷入悲伤，我犹豫了一下没回答，最后还是回答了，声音苦涩：

"对，小把戏……一个信号发射器，一个自动数星星的东西……"

"理论……梦想……"他打断了我，搓了搓手，"我认识里卡尔多尼，他发明了那么多东西，最后只是一个普普通通的物理老师。想要发财致富，就得发明简单实用的东西。"

我感到痛苦压了过来。

他接着说：

"那个发明了魔鬼的游戏的人，您知道他是谁吗？他是个瑞士学生，冬天在房间里无聊透顶。他发了很大一笔财，跟那个发明了带橡皮头的铅笔的美国人一样。"

他停了下来，拿出一个金烟盒，反面有红宝石的花朵图案，请我们抽黄色烟丝做成的烟。

通神者低下头来拒绝了，我接受了。索萨先生接着说：

"说点其他事。我面前这位朋友跟我说，您需要工作。"

"对的，先生，我需要一个可以进步的工作，因为现在我工作的地方……"

"好，好，我知道了，你在一个那不勒斯人家里……我知道……他是个人物。很好，很好……我觉得没什么问题。你给我写一封信，写清你的性格特点，诚实地写，不要怀疑我能不能帮忙。我承诺的事情，都能做到。"

他匆忙从沙发上起身。

"德梅特里奥朋友……真是高兴……您常来找我吧，我想给您看几幅画。阿斯铁尔，年轻人，我等着您的信。"他微笑着，又说道：

"你小心点，别骗我。"

我们到了街上，我很激动地对通神者说：

"索萨先生真好……都是因为您……非常感谢。"

"得看看情况……再等等看。"

我停止回忆这段经历，向快餐店的服务员询问现在几点了。

"差十分两点。"

索萨先生究竟做了什么决定？

这两个月的时间里，我经常给他写信强调我悲惨的境遇，很长时间没他的消息，他给我留了一个没签名的机打的便笺，这个有钱人居然肯屈尊接见我。

"对，一定是要给我工作，也许是市政府或是国家政府里面。如果这是真的，那我可以给我妈妈一个惊喜！"在这家成群的苍蝇绕着甜饼堆和奶香面包的快餐店里，我想起母亲来，突然的温馨湿润了我的眼睛。

我扔掉了烟，付了钱，就出发去索萨家。

我敲门的时候，我的血液猛烈地跳动着。

我立刻将手指从门铃上撤回来，想道：

"别让他觉得我很着急见他，这会让他不高兴。"

我对叫门的过程多么谨慎小心！就好像按门铃都能传达语句：

"对不起，我来麻烦您了，索萨先生……但我需要一份工作。"

门开了。

"先生……"我支支吾吾。

"请进。"

我踮着脚尖小心地跟着用人上楼。尽管街上挺干的,我依然在门厅的脚垫上蹭了蹭脚底,以免弄脏里面的地板。

我们停在了门厅。里面很暗。

一个用人在整理玻璃花瓶里的花骨朵。

门开了,索萨先生穿着外出服出现了,眼镜后面的目光闪烁。

"您是哪位?"他生硬地冲我吼。

我不知所措,回答道:

"先生,我是阿斯铁尔啊……"

"我不认识您啊,先生。您别再写那些不合时宜的信来骚扰我了。胡安,送客吧。"

他转过身去,背对我重重地关上了门。

这次我更加难过了,在太阳下,我走回那个洞穴般的书店。

一天下午,两人互相辱骂到嘶哑的地步。堂加埃塔诺的妻子看到她丈夫怎么也不肯像以前那样离开他的店铺,她决定自己离开。

她走到埃斯梅拉尔达街，拿着一捆白色包裹回来了。她想羞辱一下在店门口唱着骂人小曲的丈夫，于是到厨房，叫"臭上帝"和我过去。她愤怒得脸色苍白，命令我：

"把这张桌子拿出去，西尔维奥。"

她眼睛从来没这么绿过，脸颊上有两坨腮红。她弯着腰收拾拿来的物件，也没留神，裙边在这潮湿的小房间里蹭脏了。

我小心翼翼搬起满是油垢的桌子，尽量避免沾上油污，这桌子的四条桌腿都烂了。那是可怜的"臭上帝"做剩菜的桌子。

女人说：

"把桌子脚朝天翻过来。"

我理解了她的想法。她想把这破家具变成担架。

我没猜错：

"臭上帝"用扫帚把桌子底下的蜘蛛网清理干净，然后用块抹布擦干净。女人将白包和许多装满盘子和刀叉的锅放在里面，用绳子将小煤油炉捆在一条桌腿上，她忙得脸通红，最后看准备得差不多了，就说：

"让这只疯狗喝西北风吧。"

整理好了包裹之后，"臭上帝"弯腰靠近桌子，像一只戴帽子的四脚动物。我两只手放在裤兜里，思考着堂加埃塔诺从哪里给我们搞钱付这稀少的工资。

"你抓住前面。"

"臭上帝"不耐烦地抬起桌子边缘，我也抬了起来。

"慢点走。"女人大喊，声音无情。

我们走过堂加埃塔诺面前，弄倒了一大堆书。

"你滚吧，母猪……你滚吧。"他喊道。

她愤怒地咬了咬牙。

"骗子！明天法官会来。"两人只顾互相威胁，我们走远了。

下午 7 点，拉瓦耶街上如巴比伦般人声鼎沸。从咖啡馆的橱窗中可以看到里面挤满了客人，剧院和电影院的门口有许多穿着考究的闲人在那等着，时装店的橱窗里可以看到许多穿着高级丝袜的腿挂在镍质的挂钩上，美容店和首饰店的橱窗里充分展示着商人的狡诈，吹嘘着劣质的产品，讨好着有钱有势的人。

行人绕着我们走，以免我们扛的油污弄脏他们。

我想到自己滑稽的形象，觉得很难为情。更要命的是，餐具和盘子在那儿可怕地叮叮当当作响，仿佛在宣告着它们的耻辱。人们停下来观看我们，看到这场面开心得很。我觉得特别羞耻，没有抬眼看任何人。这冷酷无情的胖女人在前面开路，我默默忍受着可笑的形象。

好几辆车跟着我们，想给我们提供货运服务，但是堂娜玛利亚谁都不听，在桌子前面走着，桌腿在商店橱窗前经过时被不断照亮。最后，这些司机放弃了，不再跟着我们了。

"臭上帝"有时候回头看我，绿色围巾围着满脸的大胡子。大颗的汗珠从他脏脏的脸上淌下来，他那可悲的眼中闪烁着狗一般完美的绝望。

我们在拉瓦耶广场上停下休息。堂娜玛利亚将这担架放在地上，我们仔细检查了上面的东西，我重新整理了那个包裹，摆正了锅，她用抹布的四个角固定了锅盖。

擦鞋匠与卖报的围着我们。一个警察谨慎地站在一旁，以免我们闹事。我们接着上路了。堂娜玛利亚去住在卡亚俄街与威亚蒙特街交界处的一个妹妹家里。

一会儿她回头看看我，脸色苍白，浅浅的微笑卷起了她没有血色的嘴唇，说道：

"你累了吗，西尔维奥？"她的微笑消除了我的羞愧。就像是在她残酷的景象中抚摸我心灵来安慰我。

"你累了吗，西尔维奥？"

"没有，太太。"她再次露出奇怪的微笑，让我想起恩里克·伊尔素贝塔在警察追击下四处躲避，拼命逃跑。

现在我们走进了人迹寥寥的街道，光线昏暗，在人行道旁满是香蕉树，两边有门面优雅的高楼，彩色的玻璃后是宽大的窗帘。

我们经过一个灯光明亮的阳台。

一个少年和一个女孩在黑暗中交谈，在橙色的客厅里，传来一阵钢琴声。

我整个心因嫉妒和痛苦而缩了起来。

我想到我从来没能像他们那样……我从来没住过那么漂亮的房子，有过一个上层的女朋友。

我整个心因嫉妒和痛苦而蜷缩起来。

"我们快到了。"女人说。

一声长叹在我们的胸口扩散。

当堂加埃塔诺看到我们走进书店的时候，将手举上天，快乐地喊道：

"我们去酒店吃饭，伙计们！哎，堂米盖尔，你喜欢吗？我们一会儿就去那。关门，关上门，狗屎。"

一种婴童般美好的微笑改变了"臭上帝"那张脏脏的脸。

有时候，我会在半夜想着诗歌震撼世界的美妙，整个心就会沉浸在痛苦之中，像是怒吼的嘴。

我想着他们参加的聚会，城市的派对，在绿树成荫、火炬如日光般锃亮的花园里的派对，我的贫穷从我手中跌落下来。

我没有话语，也找不到话语来祈求对我的怜悯。

我的灵魂荒芜又丑陋，似一个裸着的膝盖。

我想寻找一首诗歌，却遍寻不着，一首关于身体的诗歌，绝望猛然住在了这身体里，配上了一千张张大的嘴，一千双叫喊的嘴唇。

我耳边传来遥远的声音，烟火的光芒，但是我一个人在这里，被九颗螺丝钉在我悲惨的世界里。

查尔卡斯街 1600 号，四号公寓，三楼。这是我要送书的地址。

这些奢华的公寓看来十分怪异。

从外面看，装饰流畅的线条突出了复杂屋檐的奢华和高傲，宽大的落地窗有波浪形的玻璃保护，这能让恶魔般的穷人相信，奢华与权力的精致只有眼前的景象才能表现。房子里面，深深的孤独的门厅特别暗，吓走了那些喜欢点缀着瓦尔哈拉①云朵的广阔天空的爱好者的灵魂。

我待在门卫那儿，他身材健壮，穿着蓝色制服，心满意足地看着报纸。

———————————

① 瓦尔哈拉（Walhalla）是北欧神话中的天堂，亦意译作英灵神殿。

他像个守门员一样，将我从头到脚打量了一番，证实我不是个小偷才满意，露出一种宽厚的样子，这只有在戴上这镶金丝边帽檐的蓝帽子时才会生发出来。他允许我进去，给了我明确的指示：

"电梯在左边。"

我从这铁笼般的电梯出来后，看到一段暗暗的走廊，天花板很低。

一盏磨砂壳的灯发出微弱的光亮，照在光洁的瓷砖上。

公寓的门是单层的，没有玻璃，铜质的圆锁那么小，就像一个巨大的保险箱的门一样。

我敲了敲门，穿着黑裙子系着白围裙的女仆开了门让我进去，小客厅贴满了蓝色的墙纸，满是金色大花。

透过云纹纱巾窗帘盖住的玻璃，像医院中淡蓝色的光射进来。屋子里还有钢琴、小摆设、铜像、花瓶，我四处观察着。突然，一股美妙的香水味宣布了主人的来临。一扇侧门打开了，我看到一位孩子气脸庞的女士，一撮鬈发落在脸颊上，袒露着胸口。樱桃色的长绒睡袍下露出她小小的金白相间的拖鞋。

"Qu' y a t-il，Fanny?"①

"Quelques livres pour monsieur..."②

"要付钱吗?"

"已经付过了。"

"Qui..."③

"C'est bien. Donne le pourboire au garçon. "④

女仆从一个托盘里找了几个硬币给我，我回道：

"我从来不收任何人的小费。"

女仆生硬地收回手，而那位富家小姐却明白了我的态度，我觉得是这样，因为她说：

"Très bien，très bien，et tu ne reçois pas ceci?"⑤

猝不及防，或者说还没来得及好好享受，这位女士就笑着吻了我的嘴，我呆呆地盯着她离去的背影，直到她像个小女孩一样笑着消失在虚掩的门后。

"臭上帝"醒了，开始穿衣服，其实就是穿上鞋而已。他坐

---

① 法语：怎么了，芬妮?
② 法语：先生订的一些书。
③ 法语：谁啊。
④ 法语：好吧，给小伙子点儿小费。
⑤ 法语：很好，很好，你还没体验过这个吧?

在折叠床的边缘，人脏兮兮的，胡子拉碴，厌恶地看着这无聊的环境。他伸出手臂，抓住帽子，戴在脑袋上盖住耳朵。接着他看了看脚，脚上穿着劣质的红袜子，然后用小指插进耳朵里，快速掏动，发出一种让人不舒服的声音。最后他终于穿上鞋子，弓着背，走向门口，又回头看了看地面，找到一个烟头，捡了起来，吹了吹上面的灰，点燃了它。他终于出去了。

我听到他在天台的地砖上拖沓的脚步声。我想，不，我不想，其实是我甜蜜地怀念，一种比爱情的不确定性还甜蜜的苦痛，我想起那个给我一吻作为小费的女士。

我充满了不知道是什么的欲望，一种像薄雾一样的空虚包裹了我的整个存在，把我变得云里雾里，不知自己是谁，轻快地飞了起来。有时候，对那股香味、酥胸的白色记忆，同时穿透了我。我知道如果我再次见到她，会因为爱而昏厥过去。我都不在乎她是否曾被许多男人拥有，如果我再次在那间蓝色的小客厅里见到她，我一定会跪在地毯上，将头放在她的膝盖上，为了拥有她和爱她，我可以做更加可耻的和更加甜蜜的事情。

随着我欲望的消散，我会仔细回想这个贵妇穿了什么裙子，让她那么美丽，戴了什么帽子，让她变得更加性感，我想象和她躺在床上，她半裸着，比全裸更为要命。

尽管我对女人的欲望出现得很晚，我不断重复想象我的行为，预见到这样的爱会给我带来多大的幸福。它有美味，也有荣耀。我想象着什么样的感觉会弥漫到我的器官，如果突然有一天，我在房间醒来，看到我亲爱的女孩在床边半裸着穿鞋，就像我在一些小黄书上看到的一样，那真是美妙极了。

突然，我整个身体，我可怜的男性身体向天上的主子哀求。

"我，我，主啊，我从来没有过这么美丽的爱人，像那些黄书插图上展示的那样的爱人。"

一种恶心的感觉开始激怒我，我在这个洞穴般的地方生活，被这些嘴里只会吐出利润或是凶残的人包围着。他们满嘴的厌恶也传染给了我，有时候，我感到在我的脑壳里，有一层慢慢移动的红色的薄雾。

一种可怕的疲劳压着我的手臂。有时候，我想要连睡两天两夜。我感到我的灵魂正被这些人的麻风染脏，导致我灵魂的皮肤都裂开了口子，往里深挖黑洞。我生气地躺下，又默默无语地醒过来。绝望让我的血脉贲张，我的骨头和皮肤之间有一种我感官中枢无法感知的力量在增长。好几个小时，我就这么亢奋地待着，处于一种痛苦的凝思之中。有一天晚上，玛利亚气急败坏地命令我刷厕所，因为厕所太恶心了。我一言不发地听从她的话。我在寻找动机扩大我内心黑暗的结局。

一天晚上，堂加埃塔诺看到我要出门，笑着将手放在我肚子上，另外一只手放在我胸口，确保我没偷他的书，没把书藏在这些地方。我没生气也没笑。这是有必要的吧，对，我的生活，我这个在女人肚子里孕育了九个月的生命，有必要遭受所有的侮辱、所有的屈辱和所有的痛苦。

我开始变聋了。好几个月里，我对声音失去了感觉。我只有一种尖锐的安静，因为安静能变成一种刀子，在我耳朵里切断声音。

我也不思考。我的思维钝化了，只剩下凹陷的怨恨，这个凹陷处越来越大，越来越硬，这怨恨也越滚越大。

他们给了我个铃铛，牲口用的铃铛。滑稽吧，感谢上帝！看看我愚蠢的形象吧，做这么低级的工作。街道交通繁忙时，我站在这洞穴的门口，摇着这个铃铛吸引行人的注意，让他们回头瞧瞧，让人们知道，这里在卖书，美妙的书……高贵的历史，高级的美感，得跟一个狡猾的男人或跟一个苍白的胖女人那儿才能买到。我在那摇着铃铛。

许多双眼睛慢慢扒光了我。我看到一些女士的表情，让我毕生难忘，她们眼中的微笑带着嘲讽……

啊！我真的累了……但是真理不早就写出来了吗："只有用你额头的汗水才能换来面包。"

我拖着地，向美妙的小姐们请示，请她们挪动小脚，清理她们站立的地方，我拿着个巨大的篮子去买菜，我去办差事……很有可能，如果有人朝我脸上吐唾沫，我也会用手背冷静地擦去。

一种黑暗压在我身上，它慢慢变浓密。我曾专注爱过的人们的脸庞的轮廓，在记忆中丢失，这种专注是让人伤心的。我感到日子的间隔远超过了正常的间隔时长……我的眼泪已经哭干了。

于是，我重复着一句话，在我的经验中曾有过一种苍白的意义：

"你会受苦的，"他对我说，"你会受苦的……你会受苦的……你会受苦的……"

"你会受苦的……"

"你会受苦的……"这句话从我的嘴唇上掉了出去。我在这地狱般的冬天成熟起来。

7月份的一天晚上，正当堂加埃塔诺关上金属卷帘门，堂娜玛利亚突然想起来，她把下午从洗衣房带回来的一包衣服落在厨房了。她说：

"切，西尔维奥，你来下，我们去取回来。"

堂加埃塔诺点了灯，我陪她去了。我记得非常清楚。

这包衣服在厨房正中的一张椅子上。堂娜玛利亚，背对着我，抓起包裹的一个角。我转眼一瞧，看到炉子上的炭还有火光。在那短短的一瞬我想道："好了……"我毫不犹疑地抓起火炭，扔向书架旁的一大堆纸，堂娜玛利亚开始往回走了。

堂加埃塔诺关了电闸，我们走到了街上。

堂娜玛利亚看了看星空。

"美丽的夜晚……看来会很冷。"

我也看了看天空。

"对，挺美的夜晚。"

"臭上帝"在睡觉，我躺在我的小床上，看着透过小圆窗射在墙上的白光圈。

在黑暗中，我自由地笑了……自由了……终于自由了，为我刚才行为的男子气感到自由。我想，更准确地说，我没想，只是收集着我美好的记忆。

"现在是小妞们的时间了。"

像一小杯红酒那样清醒的热情，让我对世界上所有的事物都产生了好感，当然是这一时刻依然清醒的事物。我说：

"这是小妞儿们的时间了……是诗人的时间……但我是多么荒谬……不过，我会亲吻你的脚。

"生活，生活，你是那么美，生活……啊！但你不知道么？

我是那个男孩……那个店员……对，堂加埃塔诺的店员……但我爱这世界上所有美好的事物……我想变得帅气又有才……穿着光鲜的制服……沉默着……生活啊，你是多么美好。生活……多么美好……我的上帝，你可真美。"

我在缓慢的微笑中找到了快乐。我把食指与中指张开，划过我抽搐的脸颊。汽车喇叭声在埃斯梅拉尔达街上拉长，像是沙哑的欢乐的叫卖声。

我把头垂在我肩上，闭上眼睛，想着："哪个画家能画个睡着的店员，在梦里还在笑，因为他烧着了他老板的贼窝？"

慢慢地，这种浅浅的陶醉消散了。

一种平静无缘无故地降临，这是一种值得在人多的地方炫耀的平静。我对我这种不合时宜的、慈父般的平静很想发笑。但是，平静是虚伪的，需要在房间里表演这种"意识"，我对自己说：

"被告……您是一个流氓……一个纵火犯。您这辈子就背着内疚吧。您会被警察、法官和恶魔讯问……您严肃点，被告……您不理解，有必要严肃……因为您即刻就会被关进监狱。"

但我的平静没能说服我，因为听起来像是个空罐头那么空。不，我不能把这种欺骗当真。现在我是一个自由人了，社会与自由有什么关系？我现在自由了，可以做任何我想要做的事情……

如果我想的话，可以杀了我自己……但是这是荒谬的……我……我有必要做点非常严肃的事情，得美丽地严肃：热爱生活。然后，我重复道：

"对，生活……你那么美，生活……你知道吗？从此以后，我会珍惜这世间所有美丽的事物……对……我会热爱树木、房子和天空……我会热爱你的一切……而且……告诉我，生活，我是一个聪明的孩子，不是吗？你认识像我一样的人吗？"

我睡过去了。

第二天早上，第一个走进书店的人是堂加埃塔诺。我跟在他后面。东西还跟昨天一样。空气中弥漫着苔藓的潮湿，在书店的深处，几本皮制书的书脊上，一道日光从天窗透过来照出了光斑。

我走向厨房。炭火已经熄灭了，上面还潮着水，那是"臭上帝"洗盘子留下的一摊水。

那是我在那工作的最后一天。

第三章　愤怒的玩偶

我洗完了盘子，关上门，打开内窗，躺在床上，因为天气冷了。

在土墙上，太阳斜斜地照红了砖。

母亲在另外一个房间缝东西，妹妹在复习功课。我准备读读书。在我床头旁的一张椅子上，放着这么几本书：

路易斯·德·瓦尔的《圣母与母亲》、巴依尔的《电子技术》和尼采的《敌基督者》。《圣母与母亲》有四册，每册 1800 页，是一个熨衣工邻居借给我的。

我舒服地躺着，没精打采地看着《圣母与母亲》。很明显，今天我没兴致读可怕的长篇小说，然后我决定拿起一本《电子技术》书，开始学习旋转磁场。

我慢慢读着，很满足。我思考，陷入了多相电流的复杂解释之中。

"能欣赏各种不同的美，是多才多艺和智慧的征兆。"费兰迪、西门子和哈尔斯克公司①在我耳边和谐地回响。

我幻想：

"有一天我能站在一个工程师大会上，发表演讲：'对，先生们……太阳光产生的电磁电流可以使用和收集。'这多棒！先收集起来，然后加以使用。可恶，怎么样才能把太阳的电磁电流收集起来？"

我从不同报纸上的科技新闻里，了解到特斯拉，那个电力魔术师，已经设计出了太阳能电容器。

我这么遐想直到天黑，听到隔壁房间传来我母亲的朋友，黎贝卡·纳伊达斯的声音。

"你好啊，你最近怎么样？Frau②德罗德曼？我的小姑娘怎么样了？"

我放下书，抬起头听着。

黎贝卡夫人是犹太人。她的身体很小，所以她的灵魂也很卑微。她走路像只海豹，检查东西时像头鹰……我很讨厌她，她总是对我做恶作剧。

---

① 分别是英国和德国的电气工程和设备公司。
② 德语，意为女士。

"西尔维奥不在吗？我有话跟他说。"

就一眨眼的工夫，她就出现在我房间。

"你好啊！怎么样，frau，有什么新闻？"

"你懂机械啊？"

"当然了……懂点。妈妈，你没给她看里卡尔多尼的信吗？"

当然了，里卡尔多尼给我写信祝贺我，因为我在闲暇时间设计出了一些荒谬的机械组合。

黎贝卡女士说：

"对，我看到了。拿着。"她给我递了份报纸，用指甲里满是油污的手指指着报纸上的一个广告，"我丈夫叫我来告诉你这个。你看看。"

她双手叉腰，上半身倒向我。她戴着一顶小黑帽，上面的没了毛的羽毛可怜地垂在那。她的黑眼珠带着讽刺，审视着我的脸，有时候，她从胯上挪下一只手，挖一挖弯弯的鼻子。

我读了下：

招航空机械学徒。请到航空军校来报名。地址：帕洛玛·德·卡塞洛斯。

"对，你坐火车到拉帕特尔纳尔，跟乘务员说，你到拉帕特尔纳尔下车。然后坐 88 路，可以直接到那门口。"

"好，那你今天就去，西尔维奥，这样最好。"我母亲满怀希望地笑着，"你戴个蓝色领带，已经熨好了，我把衬里缝好了。"

我在房间跳了起来，穿起衣服，我听到那个犹太女人可怜兮兮地讲她跟老公吵架的事情。

"这算什么事儿啊！Frau 德罗德曼！他喝醉了酒回来，醉成泥。马西米托正好不在家，他去奇尔美斯应聘个漆匠的工作了。我在厨房，我出来的时候，他拿拳挥着对我说：

"'饭呢，快点……你那无赖儿子怎么没来上班?'

"这是什么破日子啊，frau，这是什么破日子……我去厨房，急忙点着了煤气。想着马西米托回来的时候，事情又要变得一塌糊涂了，我都发抖了，frau。我的上帝啊！我赶紧给他端上了黄油炒鸡蛋和猪肝，他还不喜欢用油炒。你可是没看到，frau，他睁大了眼睛，皱着鼻子说：

"'母狗，这都馊了！'可那些鸡蛋新鲜着呢。什么破日子啊，frau，这是什么破日子！他把鸡蛋和黄油扔得满床都是。我跑向门口，他站了起来，抓住盘子扔到地上。什么破日子。那漂亮的汤盘，你记得吗? frau，连那漂亮的汤盘也被打碎了。我害怕了，赶紧走开，他追过来，砰砰砰，用拳头捶着自己的胸……好可怕啊！他冲我喊着，他从来没这么凶过，frau，他说：'母猪，我要用你的血来洗我的手。'"

纳伊达斯深深叹了口气。女人们的倒霉事儿真好玩。我系领带结的时候，微笑着想象她那个大高个丈夫，波兰人，头发花白，顶着白鹦鹉那样的鼻子，在黎贝卡女士后面大喊大叫。

约西亚·纳伊达斯是一个比索别斯基①时代的哥萨克国酋长还要慷慨的希伯来人。很奇怪，他讨厌犹太人，非常讨厌，他粗鲁的反犹情绪总是以难以置信的下流词汇往外流露。自然，他的厌恶只是针对群体的，不针对个人。

几个投机分子朋友曾骗过他好几次，但他总是不肯相信自己被骗了。黎贝卡夫人非常绝望，他们家总有肥胖的、穷相的德国移民和冒险分子，挤在摆着酸菜和红肠的餐桌上，粗鲁地哈哈大笑，转动着他们没什么表情的蓝眼睛。

这犹太人庇护这些德国佬，直到他们找到工作为止，就像是画家与赞助者的关系。有人偷他的钱物，有一个恶棍从这个"救济站"突然消失，偷走了家里的梯子、画板和画。

纳伊达斯先生得知，他庇护下的那个好脾气的人，居然以这种方式离开，就朝天吼了一声。他看起来像是生气的雷神……但

---

① 扬三世·索别斯基，从1674年开始同时担任波兰国王及立陶宛大公，直到1696年离世。

其他的什么也没做。

他的妻子是典型的贪婪的、吝啬的犹太人。

记得妹妹还小的时候，有一天，我们去她家做客。妹妹看到她们家一棵结满了果子的洋李树，很是羡慕，自然，妹妹很想吃果子，就试探性地问她要。

黎贝卡夫人这么回答：

"小姑娘……如果你想吃李子，你可以去市场上买，想吃多少买多少。"

"请喝茶，纳伊达斯太太。"

这犹太女人继续哭诉她的故事：

"他还冲我喊，所有的邻居都听到了，frau，他冲我喊：'犹太屠夫的女儿，猪一样的犹太女人，护犊子的死女人。'说得就好像他自己不是犹太人一样，就像马西米托不是他儿子一样。"

确实，纳伊达斯夫人和无赖儿子马西米托能互相理解，真让人佩服，他们一起诓骗这共济会员①的钱来乱花，这种阴谋纳伊达斯先生是知晓的，光是想想就让他光火。

马西米托，二十八岁的小混混，非常爱慕虚荣，因自己是犹太人而感到羞愧，靠画画为生。

---

① 就是指纳伊达斯，在拉美，共济会成员被认为是犹太人。

为了掩饰他工人的身份，他总穿得像个老爷，戴个眼镜，每天睡觉前都不忘涂上甘油。

关于他的恶作剧，我可是知道好几个有意思极了的。

有一次，他偷偷收了一笔钱，那是一个旅馆老板欠他父亲的。那会儿他二十岁上下，自认为有音乐才能，就用这笔钱买来了一架镶金边的高级竖琴。马西米托按他妈妈的说法解释说，这是他靠一张彩票赢的钱，纳伊达斯先生什么也没说，但很疑虑地斜眼看着这竖琴，这两个罪人就像亚当和夏娃在天堂里被耶和华看到时那样害怕地颤抖。

日子一天天过去。每次马西米托弹起竖琴，这犹太老太就很高兴。事情往往就是这样。黎贝卡夫人就跟她的友人们吹嘘，儿子马西米托能成为伟大的竖琴家，人们看着饭厅角落里的竖琴，总是附和地说是。

但是，这约西亚先生虽然慷慨，有时也很谨慎，很快他就调查出了这骗局的来龙去脉，这兴致盎然的马西米托怎么就能成了这竖琴的主人。

在这种情况下，力气惊人的纳伊达斯先生，知晓了真相后，就像圣歌里建议的那样，少说多做。

一个周六，约西亚先生完全不睬摩西戒律，作为暴风雨的序曲，他猛力摇晃夫人的臀部，抓住马西米托的脖子，像抖衣服一样抖了抖他身上的灰，然后把他拎到了门口。邻居们穿个单衣就出门开心地看这闹剧，他从餐厅的窗口将竖琴扔到了他俩的头上。

这事儿可让生活有了乐子，所以，人们评价这个犹太人时，会说：

"啊！纳伊达斯先生……是一个好人。"

我收拾利索，就出了门。

"好，再见啦，frau，向您丈夫和马西米托问好。"

"你都不谢谢她？"我母亲打断了我。

"之前谢过了啊。"

这希伯来女人抬起嫉妒的小眼睛，这眼睛本来盯着那涂满黄油的面包片，漫不经心地握了下我的手。在她心里已经出现了希望我申请失败的想法。

天色渐晚，我到了帕洛玛。

我问了问路，在火车站绿色的路灯下，一个坐在包裹上的老人，用再少不过的表情，给我在黑暗中指了指路。

我明白了，我问了个完全冷漠的人。我不想打扰他的沉默了，尽管他指了路等于没指，我还是谢了谢他，继续上路。

那老人反而冲我喊：

"哎，孩子，你有一毛钱吗?"我本不想给他钱，我快速思考了下，如果上帝能帮我一把，就像我帮老人一样就好了。我过去给了他个硬币，尽管心里暗暗地肉痛。

这衣衫褴褛的老人就变利索了。他从包裹上站起来，用颤抖的手臂指向黑暗的道路:

"您看，孩子……先直走，直走，左边有个军官俱乐部……"

我上路了。

风吹着桉树的干枯的树叶，被树干和高高的电线挡住，呼呼地发出啸叫声。

我穿过泥泞的小路，摸着围栏上的金属丝，等我走到一片硬地时，就加快了脚步，我在路的左边找到了老人说的那栋俱乐部。

我犹豫了，停了下来。我该敲门吗? 在这别墅的栅栏后面，正门前，没有任何的警卫。

我走上三个台阶，鼓起勇气，至少那时候是这么觉得。我进入一个窄窄的木地板的走廊，整个楼看来也都是木头造的，我停在一间椭圆形的房间门口，房间中间有一张桌子。

在它的四周，坐着三个军官，一个躺坐在沙发上，手里拿着刀叉，另一个手肘撑在桌子上，第三个脚跷在空中，背顶在靠墙的椅子上。他们没精打采地聊着天，面前放着五个不同颜色的瓶子。

"您需要什么?"

"我过来申请工作,先生,因为看到个广告。"

"空缺的职位都有人了。"

我特别冷静地反驳,带着一种我很少能有的平静:

"哎呀,真可惜,因为我是个不大不小的发明家,我还以为这里能找到施展才能的地方。"

"您发明了什么? 请进来吧,坐下吧。"一个上尉坐到了沙发上去。

我不动神色地回复:

"一个流星自动指示仪,一部口述打印机。我有一封物理学家里卡尔多尼给我写的祝贺信。"

这对三个无聊的军官来说还是个新鲜事儿,突然我明白了,他们提起了兴趣。

"好啊,请坐。"一个中尉给我指了指,从头到脚打量了我的容貌一番,"请您解释下您的著名发明。叫什么来着?"

"流星自动指示仪,军官先生。"

我将我的胳膊放在桌子上,用侦探般的眼神看着他们线条硬朗的脸庞和好奇的眼睛。这是三张晒黑的脸,从表情就看出他们是管人的,看我的眼神带着好奇和讽刺。那时候,我开口之前,想到了我最喜爱的书里的英雄罗坎伯乐的脸。罗坎伯乐戴着鸭舌帽，斜斜的嘴角露出二流子般的微笑，从我眼前经过，鼓励我胆大妄为、摆出英雄姿态。

我得到了安慰，相信自己没说错话，然后说：

"军官先生们，您一定知道，硒在光照下可以导电，在黑暗中就像一个绝缘体。这个指示仪就是一个硒管，与电磁联结在一起。一颗星星划过硒的光网，就会被一个信号标识，因为流星的光亮集中在一个凹透镜上，将硒变成一个导体。"

"好吧，那打字机呢？"

"理论是这样的：在电话里，声音变成了电磁波。

"如果我们用正切电流计去测量每个元音和辅音产生的电力强度，我们可以计算出其伏安数，这个数值对于生产一个磁键盘是必要的，键盘上的按键对应着每个元音的电流。"

中尉的眉毛都皱起来了。

"主意是不错，但您没发现，发明这个电磁来回应那么小的电力变动是很困难的吗？而且不同人的声音音色不同，或是有残留的磁力。另外一个严重的问题，也许更糟，电流会在相应电磁中分散掉。那么您有里卡尔多尼的信？"

中尉低头看信，然后把信递给其他的军官，然后跟我说：

"您看到了吗？我给您提出的困难，里卡尔多尼也提出来了。

您的想法，原则上是很有意思的。我认识里卡尔多尼，他曾是我的老师。他是个博学的人。"

"对的，他很矮，胖胖的，相当胖。"

"您想来一杯威末酒吗？"上尉微笑着问我。

"非常感谢，先生，我不喝酒。"

"机械学呢，您懂点吗？"

"懂点。运动学……动力学……蒸汽和爆破发动机。我了解原油发动机。而且我还学了化学和炸药，也挺有意思的。"

"这个也懂。您懂炸药？"

"那您问吧。"我微笑着回答。

"好，那么，什么是雷酸盐？"

这看起来像考试，我装作博学多才，答道：

"昆迪尔上尉在他的爆炸词典里解释过，雷酸盐是一种叫作雷酸氢盐的假设的酸里的金属盐。有单盐和双盐。"

"那么，那么，双盐雷酸盐呢？"

"铜制的绿色的晶体，是雷酸汞盐沸腾时加上水和铜产生的，雷酸汞盐是单盐。"

"这个孩子知道的真不少。您几岁了？"

"十六岁，先生。"

"十六岁？"

"上尉，您看到没？这个年轻人前途无量啊。您觉得我们要不要和马尔克斯上校谈一谈？如果他不进来，还真是遗憾。"

"毫无疑问。"一个长得像工程师的军官冲我说。

"那么，您都是从什么鬼地方学的这些东西？"

"从各个地方，先生。举个例子，我走在路上，在一个机械店看到一台不认识的机器，我就会停下来，研究下看到的不同部件，这个这么运行，可能有这个用途。我做了一些推断，然后就进到店里去问。相信我，先生，我基本上没猜错过。而且，我的书柜里书可不少，不学习机械的时候，我就看文学。"

"怎么？"上尉打断了我，"还看文学啊？"

"对的，先生，我有著名作家的书，像波德莱尔、陀思妥耶夫斯基、巴罗亚。"

"切，他不会是无政府主义者吧。"

"不，上尉先生，我不是无政府主义者。但我喜欢学习，喜欢读书。"

"您父亲怎么看？"

"我父亲在我很小的时候就自杀了。"

他们突然沉默了。这三个军官看着我，面面相觑。

外面风声呼啸，我面前这些人对我的关注在加深。

上尉抬起头，我也跟着抬起头。

"您看，小朋友，我祝贺您，请明天再来。今天晚上我跟马尔克斯上校聊一聊，因为您确实配得上这个岗位，确实是阿根廷军队需要的人才，爱学习的年轻人。"

"谢谢，先生。"

"明天，如果你想见我，我会很乐意接待您。请来找下博思上尉。"

我满心欢喜地告辞了。

现在我穿过黑暗，跳过围栏，为我响亮的勇气而战栗。

我从来没有过如此确信，我的生命会有一个伟大的命运。我可以成为像爱迪生那样的工程师，像拿破仑那样的将军，波德莱尔那样的诗人，罗坎伯乐那样的恶魔。

圣母玛利亚七重快乐！[①] 因为大人们的称赞，我享受了好多个美好的夜晚，我的血液在无尽的欢乐中撞击着我的心脏，我感到被幸福背着穿过这片土地，是青春的象征。

我认为我是从两百个申请者中被选中，成为三十个飞机机械学徒中的一个。

这是个灰色的上午。一片贫瘠的土地向远处伸展。在灰绿色

---

① 基督教祷告词。

的延续之处，一种无名的惩罚渗透出来。

在一个士官的陪同下，我们走到关闭的飞机棚那，穿着军队的工装。

天下着雨，尽管如此，一个小队长带领我们在餐厅后面的灌木丛做运动。

运动不是很难。我边听从指令，边看着这无尽的冷漠的平原。这运动让我的身体陷入催眠，劳累仿佛脱离了我的身体。

我想着：

"如果她来看我，会说些什么呢？"

我甜蜜地回忆着她的一切，就像是被月光照白的墙上的阴影，在遥远的夜晚，我看到一个站在黑杨树旁、一动不动的小女孩的哀求的样子。

"动起来啊，新兵。"队长冲我吼。

到了吃饭时间，我们满身是泥，走向令人作呕的大锅。在锅下面是绿色的柴火①。我们推推搡搡挤在厨师面前，将我们的铁皮饭盘递过去。

厨师将大勺子浸入这泔水里，将叉子叉入另外一个锅，拿到食物后，我们分散开来，狼吞虎咽。

---

① 也许是柴火长了青苔。

我边吃边想起了堂加埃塔诺和他那凶狠的老婆。尽管他们并不在这，我感到昨日沉默的我和今日犹豫的我之间存在巨大的距离。

我想：

"既然一切都变了，我穿着这宽大的制服成了谁？"

我坐在营房旁，看着间歇落下来的雨柱，膝盖上放着盘子，眼睛盯着远处的苍穹。天空中云朵好像碎成了一块一块，有的乱糟糟挤在一起，有的像金属条一样平滑，激动得如此无情，从高处落下的寒冷直接浸入了我的骨头。

几个学徒挤坐在楼梯大笑，另外一些则弯腰在给马饮水的水槽里洗脚。

我对自己说：

"生活就是这样，人总是抱怨过去的事情。这些雨水落得真慢啊。生活就是这样。"我把盘子放在地上，我的思绪在焦虑中扩大。

我能从我这么卑微的社会地位中走出去吗？有一天我能成为一位绅士，不再是那个接受任何工作的小屁孩吗？

一个上尉从我身边经过，我按照军人的方法立正……然后我倒向一个角落，痛苦越来越深。

未来的我，不会是那些穿着领子乌黑、缝缝补补的衬衫，酒红色的外套和不合脚的大靴子的人中的一个吗？他们的脚因为走了太多的路，起了老茧，骨头突出，他们挨家挨户乞求工作来养家糊口。

我的灵魂颤抖了下。怎么办？怎么样才能成功，有钱，很多钱？我绝不会在大街上捡到一个装着一万比索的钱包。那怎么办？我不知道自己是否有本事能杀个人，或至少有个有钱亲戚，杀了他继承他的遗产。我明白了，我永远不会屈服于这样贫困的生活，尽管这是大部分人自然而然的生活。

突然，我越发确信，这种对杰出的渴望会在这世上一直陪着我，我对自己说：

"我不在乎是否有外套，钱或别的，"我有点羞愧地坦陈，"我想要的是被其他人钦佩，被其他人赞美。我不在乎成为个邋遢的人！我不在乎这个……但这平庸的生活……死的时候被遗忘，这才是可怕的。啊，如果我的发明有了结果呢？然而，有一天我会死去，火车依然前进，人们依然去剧院，我却死了，真的死了……整个一生都死了。"

一个冷战让我手臂上的汗毛竖了起来。看着这些船形的云朵经过的地平线，一种对永恒死亡的确信惊吓了我的肉体。我赶紧拿起盘子去水池。

啊，如果我能发明个什么让自己能长生不老，活个五百年！

体能训练的队长，对我喊道：

"德罗德曼，马尔克斯上校想见你。"

"马上来，队长。"

在训练期间，通过士官，我求见过马尔克斯上校，向他征求关于我设计的战地迫击炮的意见。这种炮可以投掷炮弹，杀死一大群人，比普通炸弹的弹片威力强多了。

马尔克斯上校知道我的天赋，总是认真听我说。当我在黑板上画一些简图时，他透过眼镜片，微笑地看着我，笑中带着好奇、嘲讽和宽容。

我把盘子放进清洗袋中，快速走向军官俱乐部。

我到了他的房间。墙旁边有一张行军床，放满杂志和军事科学课程的书架，一个钉在墙上的黑板，一个钉在墙上的装满了粉笔的小盒子。

上校对我说：

"好吧，昨天你说的战地迫击炮是怎么样的。你画给我看一下你的设计。"

我拿起一个粉笔，画了一个草图。

我开始解释：

"您知道，我的上校，大口径炮的不方便之处，是它的重量和炮弹的大小。"

"好，那么……"

"我设想了一门这样的炮：大口径炮弹，中间挖个孔，不再将其放在一个炮的管道里，而是套进一个铁棍子上，像手指上的戒指，与药室大小匹配，炮弹壳就在那爆炸。我这个系统的优点是，不增加炮的重量，而是大大增加炮弹的口径和可以装载的爆炸物。"

"我理解了……好的……您得知道：根据炮弹的直径，它的重量和火药粒的品质，才能估算出炮的厚度、直径和长度。也就是说，随着火药膨胀，炸弹因为管道里气体的压力，在管道里推进，到达炮口的时候，爆炸就达到了最大能量。

"在您的设计里，恰恰相反。爆炸发生，炮弹随着铁棍上滑，气体没有给压力，而是消散在空气里。也就是说，爆炸延误了一段时间，那这样威力就变成十分之一了或是千分之一。这跟你设计目标是相反的。虽然炮弹有更大的直径，却有更少的稳定性，更多的阻力，除非您发现了新的弹道算法，这可非常难学。"

最后他还说：

"您得好好学习，多学习，如果您想成为个人物。"

我心里想，没敢说出来："怎么学，我还得学会个手艺来养活自己。"

他继续说：

"我学了许多数学。您缺乏的是基础知识，要训练一下思维，将其应用到实践中的小事物中，您的发明才能取得成功。"

"您这么看，我的上校？"

"对，阿斯铁尔。您的条件是再好不过了，但是学习吧，您以为想象一下就做成了吗，思考不过是一个开始。"

我从那儿出来，激动得发抖，我很感谢这个非常严肃和忧伤的人，尽管他是军人，他还是仁慈地鼓励了我。

现在是我进入航空军校第四天的下午两点钟。

我正在喝马黛茶，红头发的瓦尔特陪着我，他很激动地跟我讲述他德国父亲在阿苏尔附近的小庄园。

红头发男孩嘴里塞满了面包：

"每个冬天我们都在家里杀掉三头猪来吃。剩下的猪就卖掉。有一天下午，天气很冷，他进来给我切了一块面包，然后我开着福特车出去溜一圈……"

"德罗德曼，过来。"士官冲我喊。他站在军营前，看我的眼神带有不同往常的严肃。

"听您的命令，我的长官。"

"请穿日常穿着，将军服交给我，您被辞退了。"

我仔细地看着他。

"辞退?"

"对，辞退了。"

"辞退了，我的长官?"我说话的声音都在发抖。这个小军官怜悯地看着我。他是一个外省人，表现得很规矩，几天前刚获得飞行员证书。

"但我没有犯任何错啊，我的长官，您很清楚的。"

"我当然清楚了……但我能做什么……这是马尔克斯上校的命令。"

"马尔克斯上校?但这太荒谬了……马尔克斯上校不会下这种命令的。没搞错吧?"

"事情就是这样，他们跟我说得很明白，叫西尔维奥·德罗德曼·阿斯铁尔……这里也没有第二个德罗德曼·阿斯铁尔，对不?好了，这事儿板上钉钉了。"

"这不公平，我的长官。"

他皱了皱眉，低声说:

"您想要我做什么?这事当然不对……我觉得……不，我不知道……我觉得上校要照顾一个别人给他推荐的人……他们跟我这么说的，我不知道真假，你们还没签合同，当然了，他们可以随便踢走一个人，塞进另外一个。如果签了合同，就不会这样了，但现在不是没签吗，那就只能忍忍了。"

我祈求他：

"您呢，我的长官，不能帮帮我吗？"

"您想让我做什么呢，朋友？想让我做什么？我不过是跟您一样的，这里就是这样。"

他很怜悯我。

我谢了他，眼里含着泪离开了。

"命令是马尔克斯上校下的。"

"不能见见他？"

"上校不在。"

"博思上尉呢？"

"博思上尉不在。"

回去的路上，我看到冬日的阳光将一棵桉树的树干染成了阴郁的红色。

我向车站走去。

突然，我在路上看到了学校的校长。

他是个矮胖子，胖乎乎的脸红红的，像是农民的脸。风将他的披风吹向后背，他在翻看着一个大本子，向围着他的军官们简短地做些回应。

有人跟他提了我的事，上校从书本上抬起头，用眼光找寻我，找到我之后，用难听的声音冲我喊：

"过来，朋友，马尔克斯上校跟我提过您。您的岗位在工业学校。我们这里不需要有智慧的人，这儿只需要干活儿的粗人。"

我穿过布宜诺斯艾利斯的街道，灵魂里充满了尖叫声。

"要是妈知道了……"

我止不住地想象，她用疲倦的声音跟我说：

"西尔维奥……你都不可怜可怜我们……你不工作了……你什么都不想干。你看我穿的鞋子，看看莉拉的衣服，都是缝缝补补的。你在想什么，西尔维奥，你不工作了?"

一股热潮涌上我的太阳穴，我闻起来有一股汗臭，我感到我的脸因为痛苦而扭曲了，痛苦得变形了，一种深深的痛苦，非常哀怨。

我漫不经心地游荡着，毫无目的。有时候，愤怒的冲动使我的神经麻木，我想要吼叫，与这个可怕的聋子一般的城市斗争……突然，我身体里所有的东西都碎了，所有的东西都在我耳边宣布着我的无能。

"我会成什么样呢?"

那一刹那，我的身体对于我的灵魂而言，像一件过大和潮湿的衣服一样压着我。

一会儿我到家的时候，妈妈也许什么都不说。她会打开黄色的衣箱，表情忧伤，取出一个床垫，铺上干净的床单，但什么都不说。莉拉也会沉默地看着我，像是责备我。

"你都做了什么，西尔维奥？"然后多一句也没了。

"我会变成什么样？"

啊，为什么一定要我知道这种猪一般的生活的悲惨，吃着人们向肉铺里讨要的给猫吃的下水，为了不浪费灯油早早地躺下睡觉！

突然，我妈妈的脸出现在我眼前，她的脸因旧日的痛苦而挤满了皱纹。我想起了我妹妹，从来不抱怨，屈服于苦涩的命运，在学习的书本中变得越来越苍白。我的灵魂掉落在我手上。

我很勉强地想拽住行人，抓住他们大衣的袖子，跟他们说："他们把我从军营赶走了，就这么随便赶走了，你们理解吗？我本来以为能做工……做发动机、组装飞机……他们就这样把我赶走了……毫无理由。"

我对自己说：

"莉拉，啊！你们不认识她，莉拉是我的妹妹。我想过，也许我们将来能去次电影院，我们再也不吃猪下水了，我们喝蔬菜汤，我们周日出门逛街，我会带她去帕雷莫玩。但现在……

"这不是不公正吗，你们说，这是不是不公正？

"我不是一个孩子了。我十六岁了。为什么赶我走？我本会跟其他人一样学工干活，但现在……妈妈会怎么说？莉拉会怎么说？啊，你们了解一下，她很认真，在师范学校成绩最好。靠我挣的钱，她们能吃得更好。现在，现在我怎么办？"

已经是晚上了，在拉瓦耶街上，在司法部附近，我看到一个招牌，就停了下来：

"有家具的房间，只要一比索。"

我走进昏黄电灯照耀下的暗淡门厅，把钱放在木头柜台上。这客栈的主人，一个胖男人，不怕寒冷穿着短袖衬衫，把我带到一个放满绿漆花盆的院子里，指着一个用人，喊道：

"菲利克斯，带这位去 24 号。"

我看了看上面。这个院子像是个桶底，桶身是那些五层楼高的墙，每个房间的窗户都有帘子盖着。在一些玻璃后面能看到灯光照亮的墙壁，还有一些房间暗暗的。我不知道哪里传来女人们的喧闹声、克制的笑声、锅碗瓢盆的声音。

我们爬上螺旋的楼梯。这个用人是个满脸雀斑的小孩，穿着蓝色的围裙，走在我前面，拖着一个掉了许多毛的掸子拖扫着地面。

我们终于到了。小走廊与门厅一样，没什么灯光。

这用人打开门，开了灯。我跟他说：

"我明天 5 点起床，别忘了。"

"好，明天见。"

我痛苦得累坏了，太多的思绪让我倒在了床上。

房间有两张铁床，床罩是蓝色的，镶着白色的边，一个上漆的铁质洗脸池，一张仿木的小桌子。在一个角落，衣柜上的镜子照着大门的门板。

刺鼻的香水飘浮在空中，被幽闭在这四面白墙之中。

我将脸转向墙。墙上有以前的客人用铅笔画的淫秽图案。

我想：

"明天我去欧洲吧，可能……"我用枕头盖住脸，抵抗不住这疲劳，睡着了。我睡得非常结实，睡梦中我出现了这样的幻觉：

在一片沥青的平原上，紫色的油污在暗红色的天空下悲凉地闪着光。在天顶，高处的另外一块是纯蓝色的。好多水泥盒子散在各处，混乱地拔地而起。

这些水泥盒子有的很小，有的很高很大，像是摩天大厦。突然，从地平线上向天顶伸出一只很瘦很瘦的胳膊，为了避开它，我就变得很小，撞上了这些水泥盒子，我躲在它们后面。偷偷地，我从一个墙角探出头去窥探，这只细瘦的胳膊像是扫把杆子，手指僵住了，就在那，在我的头顶，触及天顶。

在地平线上，光线逐渐暗淡，像是一把剑的剑锋那么细。

那里出现了一张脸。

先是一个很大的额头，粗硬的眉毛，然后是一个下巴。在褶皱的眼皮下，是一只眼睛，一只疯子的眼睛。一个巨大的角膜，圆圆的瞳孔，眼中的水在颤动。眼皮悲伤地挤了挤眼……

"先生，哎，请说话，先生……"

我惊坐起来。

"您穿着衣服睡着了。"

我冷冷地看着跟我说话的人。

"对，您说的对。"

这孩子退后了几步。

"今晚我们是同屋，所以冒昧叫醒了您。您不大高兴？"

"没，为啥？"我揉了揉眼睛，支起身体，坐在床边。我看了看他：

黑色蘑菇状的帽子盖住了他的前额和眼睛。他的眼神有点假，眼中闪出天鹅绒般的光泽，让人触动。他嘴唇边上有道疤，靠近下巴上的胡须，嘴唇比较厚，太红，他白色的脸上露出微笑。他的大风衣出奇地紧，包裹着他瘦小的身躯。

我突然问他：

"几点了？"

他着急地拿出他的金表。

"11点差一刻。"

我带着睡意，在那儿犹豫。我沮丧地看看我破旧的鞋，连补丁的线都断开了，从裂口能看到我袜子的一角。

这个少年取下帽子放在衣帽架上，疲倦地将皮手套扔在椅子上。我侧目瞧着他，但发现他在看我，立刻将目光转移。

他的穿着是无可挑剔的，从浆过的领口到漆皮皮鞋，奶油色的长裤，看起来像不差钱的。

但是，我不知道为什么会这么想：

"他的脚一定很脏。"

他回过头，带着一种假笑，一簇头发拖过了脸颊，盖住了耳垂。他声音轻柔，用凝重的眼神斜眼看着我，说道：

"您看起来很累，对吗？"

"是，有点。"

他脱下长风衣，里面的绸内衬的折痕都闪着光。一种油腻的香味从他的黑衣服里散发出来，突然我看他感到不安，然后想也没想就问他：

"您的衣服不脏吗？"

他惊讶地猜到了我的心思，但找到了合适的答复：

"我突然把您叫醒是不是伤害了您?"

"没有。为什么会伤害我呢?"

"年轻人，这么说吧，有人会因此受伤的。我有个朋友，他在宿舍里被别人突然弄醒，就发了羊痫风。"

"那他太敏感了。"

"女性般的敏感，您说呢，您不觉得吗？年轻人。"

"那么您的朋友是过于敏感了。哎，切，能不能帮个忙，开下门，我要窒息了。来点风透透气。这里闻起来有脏衣服的味道。"

这个后来者轻微地皱了皱眉……他走向门口，还没走到，口袋里一些卡片掉到了地上。

他匆忙弯腰去捡，我走向他。

我看到了，是一些男男女女的照片，摆着不同的性交姿势。

这个陌生人的脸变紫了，吞吞吐吐地说：

"我不知道怎么到我这儿了。是我朋友的。"

我没回他。

我站在他旁边，以一种可怕的顽固盯着这堆卡片。他好像说了什么话，我也没听。我吃惊地看着一张可怕的照片。一个女人跪在一个下流的男人面前，这男人只戴着帽子，肚子上勒着黑色的弹性背带。

我回头看着这少年。

现在他脸色苍白，瞳孔放得越发大，黑色的眼皮下闪着泪光。他的手落在我的胳膊上。

"你让我留下来吧，别赶我走。"

"那么你……你是……"

他把我拖到床边，坐在我的脚边。

"对，我就是这样，我间歇性发作。"

他的手放在我的膝盖上。

"我间歇性发作。"

这年轻人的声音很深沉很苦涩。

"对，我就是这样，间歇性的。"

一种恐惧的痛苦在他声音中颤抖。他的手抓住了我的手，将我的手放在他的喉咙上，用下巴抵住。用很低的声音，几乎是吹了口气。

"啊，我要是生来是女孩该多好。为什么生活会是这样？"

我的血猛烈地敲击太阳穴。

他问我："你叫什么名字？"

"西尔维奥。"

"告诉我，西尔维奥，你不会看不起我吧？但……你不像那样的人……你多大了？"

我嗓子沙哑：

"十六……你在发抖吗？"

"是啊……你想……我们……"

突然我看到了他，对，我看到他了……他那充血的脸上，嘴唇露出了微笑……他的眼睛也露出疯子般的微笑……突然，他衣服快速落下，我看到了他脏兮兮的衬衫皱着的一角，衬衫下是女人的长裤上方露出的一条肉。

缓慢地，像是被月光照白的墙壁，坐在黑色栅栏旁边一动不动的女孩祈求的神情在我眼前飘过。一个叫我寒战的念头穿过了我的生命，如果她得知我在做的事情。

以后我会永远记得这一刻。我孤僻地往后退，盯着他，慢慢地对他说：

"你滚吧。"

"什么？"

我用更低的声音说：

"你滚吧。"

"但是……"

"你走开，禽兽。你对生活做了什么？你的生活？"

"不，不要这样……"

"禽兽……你怎么能过成这样？"

那一刻，我没法对他说出我内心美好的东西、高贵的东西，而是本能地拒绝他的痛苦。

这个少年后退了，咬起嘴唇，露出尖牙，然后将自己埋进床里。我和衣躺在我的床上。他双手交叉，脖子枕在手上，开始唱歌：

　　　　牛奶泡饭，我想结婚。

我斜眼看着他，怒气消了，格外平静地对他说，这平静吓我自己一跳：

"你要是再不闭嘴，我就打断你鼻子。"

"什么？"

"对，我打断你鼻子。"

他只得将头转向墙壁。一种可怕的忧伤重重地压在这封闭的空气里。我感到他可怕的想法坚持穿过沉默。我只看到他脖子上那撮三角毛发，下面是白白的、圆圆的脖子，没有任何诱人之处。

他没有动，但他的想法坚持碾压过来……在我身上塑型……我呆呆地僵硬地躺在那儿，落在我悲伤的深处，这悲伤逐渐固化成型。我时不时用眼角侦察他。

突然，他的床垫动了，他的膀子露了出来，乳白色的肩膀下，还露出了亚麻布衬衫锁骨处的蕾丝。

女人祈求的尖叫声在房间正对着的走廊里爆发：

"不要……不要……求你了！"

一个沉闷的声音响起，像是一个人的身体撞了墙，我的灵魂都弓起了身，先是感到惊吓，我想了想，从床上跳下来，打开了门，对面房间的门这时刚好关上了。

我倚着门框。从隔壁房间里没有传来声音。我回了房间，把门敞着，没看我同屋，就关了灯，躺下了……

我心里觉得非常安全，点燃了一支烟，然后跟同屋说：

"切，谁教你这些乱七八糟的事的？"

"我不想跟你说话……你是坏人。"

我笑了起来，然后严肃地说：

"说真的，切，你知道你是个怪人吗？你真奇怪！你家里人怎么看这个事？你常住在这里吗？"

"你是个坏人。"

"你呢，是圣人？"

"不，但我遵从我的命运……因为我以前不这样，知道吗？我以前不这样……"

"那谁把你变成这样的？"

"我师父，因为我爸是个有钱人。我读完四年级之后，他们就给我找了个家庭教师，让我准备中考。他看上去像是个正经人。留着胡子，黄色的胡子，硬硬的胡楂子，戴着眼镜。眼睛是蓝绿色的。我跟你讲这些是因为……"

"然后呢?"

"我以前不这样的……他把我变成了这样……后来，他走的时候，我去他家找他。我那时大概十四岁。他住在胡恩卡尔街的一个公寓里。他是个人才。他家的藏书有四面墙那么多。他也是个恶魔，但他爱我! 我去他家，他用人带我进卧室……他给我买各种丝绸和小配饰，把我打扮成女人。"

"他叫什么?"

"你要知道名字干啥……他在中学教两门课，后来自己上吊死了。"

"吊死?"

"是啊，他在一家咖啡馆的厕所里吊死了。你真愚蠢……哈哈，你别信……都是假的……这故事不好听吗?"

我生气了:

"哎，切，别烦我了。我睡觉了。"

"你别这么坏，听我说……你可真多变……你别听我刚才那句……我讲的故事是千真万确的……真的……老师叫普洛斯佩罗。"

"你从那会儿起就一直这样？"

"那还能怎么办？"

"怎么办？你为啥不去看个医生？某个神经疾病的专家？而且，你为什么那么脏？"

"流行啊，很多人喜欢穿脏衣服。"

"你真是个败类。"

"对，你说得对……我就是神经质……你想怎样？你看……有时候我在我的房间，天黑了，相信我，像是宿命……我闻到这旅馆带家具的房间的味道……我看到了灯光，我就不能……就像一阵风拖着我，我就出门……我就去找这旅馆的老板。"

"去找老板，为了什么？"

"当然了，随便找是很悲惨的。我们这些女生一般和两到三个老板有联系，一旦出现值得信赖的男人，他们就给我们打电话。"

很长一段沉默之后，他的声音越来越小，越来越严肃。他几乎在自言自语，特别悲伤：

"为什么我生来不是女孩？我不想成为一个败类……对，败类……我本可以在家做我的小女孩，我本可以和一位善良的男士结婚，照顾他……我本可以爱他……而不是……像现在这样……

在钱包和钱包之间辗转，偶尔还会有不幸发生……那些戴着白帽子、穿着漆皮皮鞋的流氓会认得你，会跟踪你……甚至偷掉你的长袜。啊！真想找到永远爱我的人，永远。"

"你疯了么？怎么还有这些幻想？"

"你懂什么！我有个朋友，三年前与银行的职员一起生活……他非常爱他……"

"但这是禽兽的行为啊……"

"你懂什么……为了成为女人，我可以花光我所有的钱……成为个穷女人……我不在乎为爱我的人……为我挣钱的人……怀孕和洗衣服……"

听着他的话，我呆住了。

什么样的可怜人才会说这么可怕和新颖的话语？为了一点点的爱，什么都可以放弃？

我起身，摸了摸他的额头。

"你别碰我。"他吼道，"我的心都要炸了。你走开。"

现在轮到我躺在床上，一动不动了，害怕任何的声响会将他惊醒，将他杀死。

时间缓慢流逝，我的意识分散在惊奇与疲劳之间，在空间中收集人类沉默的痛苦。

我仿佛还能听他话语的声音……他因痛苦而扭曲的黑脸上，

画着烦恼的表情，嘴里因狂热而干燥，他在黑暗中大声叫喊：

"我不在乎为了爱我、为我挣钱的人怀孕和洗衣服。"

怀孕。这在他的嘴唇里听来如此顺滑！

怀孕。

他那整个可怜的身体变了形，但是"她"，只有深刻的爱才能让他荣光，他走向人群，却看不见人，只盯着他完全顺从的爱人的脸庞。

人类的苦难啊！人的内心究竟藏着多少悲伤的话语啊！

剧烈的关门声吵醒了我。我赶紧打开灯。这年轻人已经消失了，他的床上没有留下任何混乱的痕迹。

在桌子的一角，有两张五比索的票子，摊在那里。我贪婪地捡起来。在镜子里，我看到我苍白的脸，眼睛布满了红血丝，几撮头发掉落在额头上。

一个女人的声音在走廊里轻轻地祈求：

"快点，上帝啊……要是他们知道。"

一声电子门铃声清楚地响起。

我打开面向院子的窗户。一阵潮湿的风吹得我一阵寒战。现在依然是晚上，在楼下的院子里，两个用人在一扇照亮的门旁走来走去。

我出了门。

到了街上，我的神经衰弱就消失了。我走进一家快餐店，要了一杯咖啡。所有的桌子都坐满了人，大多是卖报纸的和车夫。挂在一幅田园画上的钟敲了五下。

突然我想起来，这些人都有家可回，我仿佛看到了我妹妹的脸，我绝望了，离开了这里，回到了街上。

生活的烦恼、那些我不想看到也不愿想起的形象，都堆积在我的精神上。我走在暗暗的人行道上，牙齿吱嘎作响，街上的商铺有卷帘铁门和木门板保护着。

这些门的后面都有钱，这些商铺的主人们正在他们奢华的房间里安心睡着大觉，而我，像一只狗一样，在城市里晃悠，听天由命。

我仇恨得颤抖了起来，点着一支烟，恶意地将点着的烟投扔在一个蜷缩在沿街门廊下睡觉的流浪汉身上。小小的火苗在破布条上摇摆。突然这可怜人直起身来，像个黑暗中不成形的烂泥，他向我挥起巨大的拳头，我匆忙逃走了。

在七月大街的一家典当行，我买了一把手枪，装上五颗子弹，然后就跳上了电车，走向港口方向。

我想实现我去欧洲的梦想，我匆忙爬上跨大西洋轮船的绳索梯子，我自告奋勇，申请在航行期间为船上的长官做任何的工作。我穿过走廊，进入挤满行李的船舱，墙上挂着六分仪。我尝试与穿着制服的人攀谈，他们很厌烦地转过脸来，刚听明白我的诉求，就很生气地赶我走。

在舷梯上可以看到触碰着天际的大海和远处船只上的帆。

我失落地走着，茫然地看着轮船上忙碌的身影，起重机上上下下发出声响，汽笛声和搬运工卸货时的声音。

我感到我离家很远，如此遥远，仿佛永远回不去了，尽管我自己知道这感觉是虚假的。

我站在那儿与船上的领航员们交谈，他们嘲笑我的自告奋勇。有时候，有人从潮湿的厨房里探出头来回应我，脸上露出一种可怕的面容，我害怕地躲开，一句话也不敢说。我走在船舷上，眼睛盯着汹涌和沾满油污的海水，海水敲击着岩石，发出像喉咙里的声音。我累坏了。眼前的景象，巨大的倾斜的烟囱，绳索上移动的链条，劳作的喊叫声，孤单的瘦长的桅杆，让我的意识开始分散。一边是瞪着牛眼的脸，一边是吊车在我头顶悬挂的吊索，汽笛声、撞击声，各种声音叠加在一起，形成一种吵闹的场景。我感到，在生活面前我是如此渺小，我再也看不到生活的希望了。

一阵金属的颠簸震颤了河边的空气。

我从棚屋高墙下阴暗的街道，走到阳光可怕的光亮之中。有人猛烈地将我撞到一边，轮船上彩色的小旗随风飘扬。在岸上，在黑色围墙与跨大西洋轮船的红色船体之间，工人在不断捶打，这是权力和财富、掠夺来的商品和吊在空中不断蹬腿的动物的巨大展示场，这让我痛苦得惊慌失措。

我得出了一个不可避免的结论。

"再努力也是徒劳了，我得自杀。"

这事儿我很早就预见到了。

早在其他情况下，自杀者的哀悼灵台展现的戏剧性，早已引诱了我。

我嫉妒那些有美丽女性围在灵柩周围哭泣的尸体，我看着她们倒在棺材边上，我的男性气概都痛苦地受到了惊吓。

我很想占据死者豪华的床，这些床都装饰着花朵，蜡烛的柔光将其美化，我的眼睛和额头都收起了这些服丧的小姐们流出的泪水。

我不是第一次这么想，可在那个时刻，一种确信传染了我。

"我不该死……但我得自杀。"在我能反应之前，这种荒谬的奇特想法迅猛地控制了我的意志。

"我不该死，不……我不该死……但我得自杀。"

这种毫无逻辑的确信感从哪里来？这感觉随后还引导了我生命所有的行动。

　　我的脑子从不重要的感受中清醒过来。我只是一次心跳，一只明晰的眼睛，面向无比平静的内心。

　　"我不该死，但我得自杀。"

　　我靠近一个锡铁棚户。不远处，有一队工人从火车车厢里卸货下来，在那里，石子路面铺满了玉米，像黄色地毯一样。

　　我想：

　　"应该在这里吧"，我从口袋里掏出手枪，突然我思考了下，"不要打在太阳穴，那样我的脸会变丑，直接打在心脏上吧。"

　　一种无法撼动的确信引导着我手臂的动作。

　　我问我自己：

　　"心脏在哪里？"

　　内心凄楚的跳动已经指出了它的位置。

　　我检查了下子弹膛。我已经装了五颗子弹。然后我将枪筒对着衣服。

　　一阵轻微的昏迷让我腿脚不稳，左右摇晃，我只能靠在棚户的墙上。

　　我的眼睛停留在了铺满玉米的黄色道路上，然后缓慢地扣住扳机，思考着。

　　"我不该死。"击发锤掉了下去……但在将锤子与火药分开的极短暂的瞬间，我感到我的精神在一个充满迷雾的空间里放大。

我摔在了地上。

当我醒过来的时候，发现我躺在我房间的床上，一束阳光照在白墙上，照出了窗帘花边的轮廓，在房间窗户的后面是看不见的。

坐在床边的是我母亲。

她俯下身看我。眼睫毛还湿着，她凹陷的脸颊仿佛是从一块暴风雨图样的大理石中挖出来的。

她的声音都在颤抖：

"你为什么这么做？啊……为什么你不跟我说这一切？你为什么这么做，西尔维奥？"

我看了看她。一张收缩的脸上露出满是可怕的悲悯和内疚的表情。

"为什么你没回家？我不会说你的。这就是命运，西尔维奥。如果你开了枪，我怎么办啊？你会躺在这里，剩下一张可怜的冰冷的小脸……啊，西尔维奥，西尔维奥！"

她洋红色的眼圈里落下了一颗大大的泪珠。

我感到在我的精神里，天都黑了，我将额头靠在她的怀里。我以为会在警察局醒来，在我模糊的记忆中，隐约看到一群穿着制服的人，在我周围挥舞着手臂。

第四章　加略人犹大

孟迪是一个活泼的好尊严的人，像剑客一样好斗，像骑士一样干瘦。他深邃的眼神与他带嘲讽味的嘴唇很不相称，这嘴唇上盖着柔软的黑胡须。他生气的时候，脸颊发红，嘴唇颤抖，凹陷的下巴也跟着动弹。

他的办公室和存纸的仓库是从一个犹太皮货商那租来的三个房间，与这希伯来人店后面只隔了一条污秽的走廊，走廊里堆满了脏兮兮的红发玩偶。

第一个房间放着写字台和精细纸张展示台。这间店面的窗户外面是里瓦达维亚大街，行人从人行道经过时，能看到松木柜台上一堆堆的鲑鱼色、绿色、蓝色和红色的纸，一卷卷条纹硬油纸，一块块丝绸纸和叫作"黄油"的纸，一桶桶的彩色印花标签，一束束粗糙的印花纸，上面印着白色瓷花瓶的水印。

在泛着蓝色的墙上，一幅那不勒斯海湾的画中，静止的海面闪耀着珐琅蓝，棕黑色海滩上散布着白色的小方格，那些是小房子。

在那儿，孟迪心情很好，唱着歌，声音清亮、做作。

我很喜欢听他唱。他唱得很带感情，能听出他在回忆远在祖国的情侣和逝去的梦境。

孟迪以佣金形式聘我做销售，给了我一堆按质量和价格分好的纸样品。

"好了，你去卖吧。每公斤纸给你三分钱的回扣。"

开头真难！

我记得一个礼拜的时间内，我每天浪费六小时在街上游荡，却一无所获。真是难以置信。我走了四十五里路，却卖不掉一公斤纸。我绝望了，随意走进蔬菜店、商店、小杂货店，在菜市场里转来转去，在药店和肉铺门外徘徊，但一切都是徒劳。

有人礼貌地将我赶走，有人跟我说你下周再来吧；有人争辩说"我早就有了代理了"，有人不理我；有人觉得我的货太贵，有人认为太过平常、太过奇怪、太过精细。

中午时分，我回到孟迪的办公室，瘫倒在那一堆堆纸上，一声不吭，累坏了，没精打采，傻愣愣地待在那儿。

马里奥，另外一个代理，是个十六岁的懒鬼，像杨树一样高，光看到腿和手臂了，他嘲笑我忙了半天没什么收获。

马里奥真是个小丑！他看起来像是电线杆上杵着一个小脑袋，脑袋上盖着茂盛如森林的鬈发，走路大步流星，腋下夹着一个红皮文件包。他回办公室的时候，总是将包扔到一个角落，然后取出帽子，像个圆圆的蘑菇，上面全是油污，都可以拿来给汽车当润滑油了。他卖得很好，叫人羡慕，还总是乐呵呵的。

他翻着一本满是油污的本子，大声地读着长长的订购清单，嘴张得像鲸鱼那么大，笑得嗓子眼的红肉都看见了，露出两排突出的牙。

他为了假装自己笑得肚子都疼了，还用两只手捧着肚子。

孟迪从书桌上的文件夹上方，面带微笑与嘲讽，盯着我们看。他用大手掌盖住脑门，用手揉了揉眼睛，仿佛整理下思绪，然后对我们说：

"不要灰心，见鬼。你还想做发明家呢，连一公斤纸都卖不出去。"

然后他教了我几句：

"得不断尝试。所有的生意都是这样的。别人不认识你的时候，是不想跟你做生意的。他们总是说已经买过了。你得不断地回去找他们，直到他们看你看习惯了，跟你熟了，最后就会买的。保持礼貌，因为事情就是这么做成的。"他换了个话题，"今天下午来喝杯咖啡，我们聊一聊。"

一天晚上，我走进罗哈斯街上的一家药店。药剂师满脸雀斑，脾气暴躁。他检查了下我的产品，然后跟我说，他说的话对我来说真是天使一般：

"你给我五公斤各种花色的丝绸纸，二十公斤特制的纸，给我做两万个信封，每五千个上面印上一种标题：硼酸、轻烧镁、塔塔粉、坎贝切香皂。纸张下周一一早就得送到这儿。"

我激动得乐开了花，记下了他的订单，我向这天使般的药剂师鞠了个躬，然后消失在人群中。这是我卖出去的第一笔。我赚了十五比索的回扣。

我走进卡巴依托市场，这菜市场总让我想起卡罗丽娜·因弗尼齐奥[1]小说中的场景。肉肠铺肥肥的老板长了张牛脸，我已经烦了他无数次未果，这次，他举起刀切向腌猪肉的时候，冲我喊道："切，给我两百公斤特殊剪裁的纸，明天一大早必须送到，一共三十一比索。"

这次我赚了四比索，尽管每公斤给他降了一分钱的价。

无尽的快乐，不可置信的酒神般的快乐，将我的精神扩张到了蓝色的天空……于是乎，我的陶醉能与加布里埃尔·邓南遮[2]

---

[1] 卡罗丽娜·因弗尼齐奥是意大利19世纪著名女性小说家。

[2] 加布里埃尔·邓南遮，19世纪末20世纪初意大利著名诗人、记者、小说家、戏剧家和冒险者。

描写的英雄相比了，我老板总是批判他们的伟大形象，我想：

"孟迪真是个蠢蛋。"

有人突然抓住了我的胳膊，我猛然回头，原来是卢西欧，那个跟我组成"夜半骑士俱乐部"的优秀的卢西欧。

我们热情地打着招呼。自从那倒霉的夜晚我们分开之后，我再没见过他。现在，他在我眼前微笑着，跟往常一样，眼珠子转个不停。我发现他西装革履，珠光宝气，手指上的假金戒指和领带上的白色宝石闪闪发光。

他成长了，以前他可是个打扮成花花公子的混混。现在为了配上这绅士形象，还戴了一顶有边的毡帽，好笑地陷在额头上，盖住了眉毛。他用琥珀做的烟嘴吸着烟，就像一个很会招待朋友的大人物。跟我寒暄之后，他请我去附近的啤酒屋喝一杯博克啤酒。

我们坐了下来，卢西欧一口喝完了啤酒，声音沙哑：

"你现在做什么工作呢？"

"你呢？我看你都成了公子哥了，大人物。"

他笑得嘴都扯歪了。

"我……我改头换面了。"

"那你混得还不错……你进步好大……但我没有你的运气，我是个纸贩……卖纸的。"

"啊！你卖纸啊，给一家店干吗？"

"对，老板是住在弗洛雷斯区的，叫孟迪。"

"你挣钱多吗？"

"不多，但够生活了。"

"那么你也变了？"

"当然了。"

"我也上班了。"

"啊，你上班了！"

"对，我上班，你知道干啥吗？"

"不，不知道。"

"我是侦探。"

"你！侦探？你？"

"对，怎么了？"

"没什么。那么你是个侦探啦？"

"为什么你觉得奇怪？"

"没……绝对没有……你以前就有这个爱好……很小的时候……"

"聪明……哎，切，西尔维奥，人总是要改变自己。生活就是这样，达尔文说的 la struggle for life①……"

"你都变博学了啊！干这能挣钱吗？"

"切，我知道我在说啥，这是无政府主义的词。你也变了，你工作了，也还不错。"

"没得抱怨，像巴斯克人说的，我是个卖纸的。"

"你真的变了？"

"看上去是吧。"

"好的。服务员，再给我半升啤酒……我想说两个半升，抱歉，切。"

"你的侦探工作怎么样？"

"别问我，切，西尔维奥。这职业需要保密。提到逝去的时光，你还记得恩里克吗？"

"恩里克·伊尔素贝塔？"

"对。"

"我只知道，我们分开之后发生的事，你记得吗？"

"我怎么能不记得呢！"

"我们分开后，我知道格雷努易雷特把他们家赶走了，他们搬到公园村去住了，后来我再也没见过恩里克。"

---

① 这里西班牙语与英语混用，意为"为了生活而奋斗"。

"对了，恩里克去阿苏尔区一家汽车代理公司工作了。"

"你知道他现在在哪儿吗？"

"那应该在阿苏尔区吧，别跟我开玩笑了。"

"不，他不在阿苏尔了，他在监狱里。"

"监狱？"

"就跟我在这一样不可思议，他在监狱里。"

"他做了啥？"

"没做啥，切。La struggle for life……我从一个加利西亚面包师那学来的这句话，他喜欢做炸弹。你不再做炸弹了吧？你别生气，你以前热衷于做炸弹呢……"

他居心叵测的问题让我恼羞成怒，我盯着他：

"你想让我进监狱吗？"

"没有，哎，为什么这么想？我都不能跟你开玩笑了吗？"

"看上去你想从我这套点什么。"

"啊呀……你现在不是有钱了吗，不是变了吗？"

"好吧，恩里克到底怎么了？"

"听我讲吧，这是我们之间的伟大英雄事迹，杰出的事迹。"

"我现在不记得他当时是在雪佛兰还是别克的代理那儿干活，公司还挺信任他的……他是个阿谀奉承的行家。他在办公室工作，不知道怎么搞的，他从支票簿里偷了一张出来，然后伪造了一张 5953 比索的支票。事情就是这样。

"那天上午他想去银行兑现，公司老总给了他 2000 比索，让他去这同一家银行存起来。这疯子把这笔钱装进了口袋，然后到公司车库里取了辆车，镇定地去银行，交了支票，现在看来是不大可能，当时银行真的给他兑了那张假支票。"

"真给兑了？"

"这真让人难以相信，他伪造得真好！于是，他胃口大开。你还记得他怎么伪造尼加拉瓜国旗的吗？"

"是啊，小时候就干这个……你接着说。"

"好。银行兑了钱……你想，当时恩里克应该很紧张，开车回公司，在离市场两个街区的一个路口，撞上了一辆马车……还算幸运，车轴只压坏了他一只胳膊，再过去一点就会压到胸了。他晕了过去。人们把他送到医院，碰巧公司老板立即知道了这消息，像饿狼扑食一样赶去医院找他。他求医生把恩里克的衣服给他，因为里面可能有钱或储蓄单……你想象下他得多惊讶……他没拿到储蓄单，却找到 8530 比索的现金。这时候，恩里克正好醒了。老板问他这么多比索从哪儿来的，他没法回答。他们去了银行，就知晓了真相。"

"这事儿大了！"

"难以置信。我从当地的报纸《市民报》上看到这个长篇报道。"

"他现在还在监狱?"

"在黑暗里,他以前总这么说……谁知道给他判了多少年。但他有个未成年的优势,家里也认识有权有势的人。"

"好奇怪,恩里克会有大出息。"

"让人羡慕。怪不得人家叫他'山寨大王'。"

然后我们沉默了。我想起了恩里克,好像我还和他在一起,在那个装满了木偶的小房间里,阳光在红墙上勾勒出他年少轻狂的侧面。

卢西欧声音沙哑地说:

"La struggle for life,切,一些人会获得新生,另外一些人倒下了。生活就是这样……我走了,我得接活了……你想见我的话,这里有我的地址。"他给了我一张名片。

我们虚张声势地告别后,我慢慢走远了,被灯光照亮的街道上,我的耳旁还回响着他沙哑的声音:

"La struggle for life,切……一些人获得新生,另一些人倒下了。生活就是这样。"

现在我去找那些商铺老板时,镇定得像成熟的销售专家。我确信我的失望到头了,因为我已经卖掉了一些,我短时间内有一些固定客户了。他们是聚会组织者、跟我说硼酸和其他药物的药剂师们、书商、两三个小商店主，都是利润最少的、砍价最凶的。

为了不浪费时间，我将卡巴依托、弗洛雷斯、威雷斯·萨尔斯菲尔德和威亚·克雷斯波四个教区分为几个区域，每周系统地筺一遍。

我很早起床，大步走向这些既定街区。我记得那些日子里，看到的无尽的天空和地平线上挤满了涂了石灰的小房子和红围墙的工厂，周围点缀着各种各样的绿植，墓地白顶周围有柏树丛。

城郊的贫民窟贫困肮脏的街道上洒满了阳光，每家每户门口放着垃圾盒子。一群蓬头垢面的大肚婆，跨在门槛上聊着天，叫喊着她们的狗或孩子。天穹清亮透明，我清楚地记得，天又高又美。

我的眼睛贪婪地喝着蓝色的天空中无尽的、让人陶醉的平静。

希望和梦想的炙热火焰包裹了我的灵魂，我心里迸发出了一种如此纯洁的幸福感，无法用言语形容。

这蓝色的穹顶越让我陶醉，我去拜访的这些摊位就显得越发污浊。我记得……

那些小商店，那些城郊的肉铺！

一束阳光照亮了黑暗中红黑色的牛肉，牛肉挂在锡铁皮的柜台旁的铁钩和麻绳上。地上满是木屑，空气中弥漫着油脂的味道，一群群黑色的苍蝇在黄色的油脂块上沸腾，肉铺老板冷漠地锯着骨头，用刀背捣碎排骨……外面……外面的天空，平静又高雅，一种春日的无尽甜蜜从这蓝色中落下来。

我关注的不是脚下的路，而是这像是天蓝色瓷器般光洁的天空。在蓝色的天际，深深的海湾在其顶端，不可思议的安静的深海，我的眼睛仿佛看到了小岛、港口、大理石做成的点缀着绿树丛的城市，五颜六色的帆船平滑地移动，伴着和谐的汽笛声，驶向愤怒的快乐之城。

我就这么走着，在一种美味的暴力中颤抖。

我仿佛听到了夜间派对的吵闹声，天上的烟火倾泻出绿色的星星瀑布，地上大腹便便的人们大声欢笑，猴子跳着杂耍，仙女们听着蟾蜍的长笛声笑了①。

这些欢乐的喧闹声在我耳边响起，这些场景在我眼前浮现，我的路途在不经意间变短了。

我走进市场，与菜摊主聊聊，或是与不满意的客户拌拌嘴。

---

① 蟾蜍的长笛，取自阿根廷民间故事。故事讲的是月圆之夜，动物们会聚会庆祝，树林中的仙女们会在月光下出现。蟾蜍因为天生是歌者，就负责吹长笛。

他们从柜台里拿出几卷纸，这些纸可以做成节日的五彩卷纸呢：

"拿这些纸，我能包什么？"

我回答道：

"哦，你切的肉也不会像麻布那么大啊。主的葡萄园里什么都有。"

这些完美的理由没能让他们满意，他们发誓再也不从我这买纸了，还让他的同伴们做证。

我就假装生气，说了些没那么天使的话，厚着脸皮进入柜台，翻看那堆纸，挑出一些纸来，能勉强用来包牛肉。

"这些呢？你们怎么不给我看这些呢？我还能一张张给你挑啊？为什么你不买特制尺寸的纸呢？"

我跟菜贩和鱼贩之间的争斗就是这样的，他们很粗鲁，爱说大话，很难搞。

这样的春日上午，我也喜欢在有轨电车经过的路上闲逛，街道两边全是帐篷支起来的小摊。我喜欢逛内部阴暗的大商场。货架上堆着一大块黄油的像农场一样的奶酪店，有多彩橱窗的商店，坐在柜台旁挑选一卷卷轻便布匹的女士们，五金店的油漆味，杂货店的汽油味，都在我的感官里混合成一种格外快乐的香味，这是一种盛大派对散发出来的香味，我就是这派对未来的叙述者。

在光荣的 10 月的这些早上，我感到自己很强大，觉得自己像一尊神。

如果累了，我就去快餐店喝杯饮料。这里的店光线阴暗，装饰让我想起难以形容的阿尔罕布拉宫，仿佛看到了遥远的安达卢西亚的卡门小姐，山脚下陡峭的土块，山谷里小溪旁的一排垂柳。一个女里女气的声音伴着一把吉他，我的记忆中昔日的安达卢西亚鞋匠再次出现，跟我说：

"何塞，他可比一朵梅鬼花儿还靓。"

爱，怜悯，对生活、对书籍和对世界的感激，刺激了我灵魂的蓝色神经。

我不是我，而是在我内心的神，一个由清晨的碎片、树林、天空和记忆构成的神。

当我卖掉足够多的纸，便往回走。专心走路的话显得路途漫漫，我会开心地幻想一些荒谬的事情，比如，我继承了七千万比索遗产，或是类似的财富。等我回到办公室的时候，我的美梦就原地蒸发了，孟迪生气地对我说：

"雷梅蒂欧丝街上的肉铺老板把纸退回来了。"

"为什么？"

"我怎么知道！他说他不喜欢。"

"叫闪电劈死他。"

这堆脏兮兮的纸被丢弃在暗黑的院子，我产生了一种无以言表的挫败感。这纸被重新捆了起来，切口那沾满了泥、血和油脂，这肉铺老板一定是拿满是油污的手毫不留情地将纸卷了起来。

这种退货的情况越来越多。

为了避免这种情况，我每次都跟客户说：

"您看，这种纸张是整块纸裁剩下的。如果您想要特制纸，每公斤贵八分，但每张都能用。"

"没关系，切，"这屠夫说，"你就给我送裁剩下的。"

但是，一旦我给他们送去裁剩下的纸，他们就开始砍价，希望降个几分。要么就退回来，把纸弄得破破的，损坏的两三公斤纸把我挣的钱全赔了，要么就赖账，这种情况我损失就大了……

还有很多有趣的故事发生，孟迪和我不得不大笑，来掩盖我们快气哭的心情。

我们的客户中有一个猪肉贩子，订了一大捆纸，要按他指定的一天的某一个时刻送到他家，但那是不可能的。另外一个人退了一大捆货，破口大骂送货的车夫，因为没给他开法律规定的发票，法律规定非常繁复。还有一位不肯付钱，非得拖到使用一周以后。

更别提那些土耳其小商贩的破事了。

当我去问他们穆耳台米德①的消息时，他们要么听不懂，要么耸着肩，切一块牛肺扔给隔壁不要脸的婆娘养的猫吃。

想卖给他们东西，就得跟他们耗一整个上午，最后的结果只是去远得难以置信的陌生的郊区，给他们送二十五公斤纸，挣七十五分的回扣。

送货车夫是一个沉默的人，脸总是脏脏的，傍晚的时候，他带着马车回来，没能交成纸，他说：

"没能交成货。"他将一大包纸扔在地上，气呼呼的，"因为这肉铺老板在屠宰场，他老婆说什么也不知道，不想接待我。另外一个人的地址写错了，你们给我的地址是一个鞋厂。这厂里没人能告诉我这人住在哪。"

我们满嘴脏话地咒骂着这混蛋，不懂规矩，没有任何契约精神。

还有几次，马里奥和我又接了这人的单子，我们给他送货的时候，他却拒收，他说从另外一个人那买了，更便宜。还有些人脸皮很厚，送货的时候说根本没从我这订货，总之，他们没理由都能编出理由来。

---

① 穆罕默德·伊本·阿巴德·穆耳台米德，是西班牙塞维利亚的阿巴德王朝第三代国王。安达卢西亚的首府是塞维利亚，这里指小说开头提到的安达卢西亚鞋匠。

我还以为一礼拜挣了七十比索，到最后只收到二十五或三十。

但是，这些小人！零售小商贩、店员、药剂师！真是琐碎得要命，不仅索要各种信息，还要提前验货。

要从我这买区区一千个印有"镁"或"硼酸"字样的信封，他非要看无数次样品，要求提前给他送去样本，看下纸张和印刷，最后说：

"再说吧，你下周再过来吧。"

我想过很多次，想写一个零售小商贩的系统发生学和心理学，他们站在柜台后面，戴着帽子，脸色苍白，眼睛像钢板一样冷漠。

啊，为什么不能看看展示的商品就买呢？

想卖出东西，你就得熟知雄辩的敏感性，选对词汇，小心使用概念，拍对马屁，说着连自己都不思考和不相信的话。为了屁大点的事激动万分，该难过的时候要难过，对自己没兴趣的东西表示有热切的兴趣。你得是个多面手，灵活又亲切，对无关紧要的恩惠千恩万谢，听到脏话不能慌乱也不能装聋作哑，耐心地忍受，忍受时间，忍受那些尖酸刻薄和坏脾气的脸，忍受那些粗鲁和恼人的回应，忍受这些痛苦才能挣来几分钱，因为"生活就是这样"。

看似是你一个人在那卖……但你也得理解，我们现在在这些摊位前滔滔不绝解释产品多好，在这之前，无数的销售已经从那经过，给他们提供过同样的产品，条件各异，这对买方真是有利。

为什么一个人为了自己的利益，会在很多销售中选择某一个，从而实现了互惠？

可以这么说，你和店主之间建立了物质和精神的联系，一种无意识或被经济、政治、宗教甚至社会思想所掩盖的联系。这么说一点也不夸张，一次交易活动，就算是卖一包针线，除非是着急要，都自带比牛顿二项式定理的解法都复杂的困难。

这可还不是全部！

还有，你得学会控制自己，忍受住这些小资产阶级的蛮横无礼。

一般来说，商人都是狡猾又狂妄的，他们是底层出身，靠着痛苦的牺牲和辛勤的劳作致富，曾做过些小偷小摸的事情，但还没到犯法的程度，例如在产品里掺点假，要么没人发现，要么大家睁只眼闭只眼。

这些流氓有根深蒂固的撒谎的习惯，他们习惯了管理大小资金，诚实借贷给了他们一些可敬的特质，他们有军人般的思维，习惯用"你"来称呼别人，态度充满蔑视，对靠近他们、想做他们生意的人就采取这种态度。

啊！这些发了财的赌徒专横的样子真伤人。他们一本正经地在办公室的小窗后面记录自己的利润，下流的嘴脸在回应我时，凶残地抽搐着：

"别来烦我，哎，我们只跟大公司买东西。"

但是，你得忍，微笑着跟他们打招呼……因为"生活就是这样"。

有时候，结束了一天的行程之后，如果顺路的话，我就去跟弗洛雷斯集市上的看车员聊个天。

这集市看上去跟其他集市也没什么不一样。

街道两旁是涂上了石灰的房子，街道沐浴在阳光的海洋中，在街的尽头，集市突然出现了。

风将蔬菜的酸味刮了过来，摊位的篷布罩着这些锡质柜台，跟人行道平行，在街道中间排开。

我眼前还能浮现这场景。

中间有两排摊位。

一排是卖牛肉的、卖猪肉的、卖鸡蛋和奶酪的，另外一排是卖蔬菜的。这队伍不断延长，五颜六色，绚丽多姿，装饰过了头，穿着长袖衬衫的大胡子男人们，挎着装满菜的篮子。

这队伍从鱼摊开始，黄褐色的篮子上沾满了虾的红色，银汉鱼的蓝色，海鲜的巧克力色，蜗牛的铅灰青紫色，鳕鱼的锡白色。

流浪狗在这里抢夺着丢弃的下水，商贩们长满茸毛的手臂裸露在外，围裙挡住胸口，根据顾客的要求从尾巴抓起鱼，一刀下去就开膛破肚，用指甲掏出内脏和鱼刺，然后一下把它分成两半。

然后是处理牛下水的商贩，在他们的锡柜台上挂着黄色的大肠，或是将红色的肝脏挂在铁钩子上。

他们重复叫喊十遍：

"新鲜的银汉鱼……新鲜呢，女士。"

还有声音在喊：

"这里……这里的东西好。快来看看啊。"

红色木屑盖住的冰块在阴暗里逐渐融化，下面是装好箱的鱼排。

"瘸子呢?"

商贩们两只手放在胯上，围裙被肚子撑得鼓鼓的，叫卖声或低沉或尖锐。

"瘸子，过来，瘸子。"

他们都很喜欢他，叫他"瘸子"时都哈哈大笑。瘸子老远就认出我来了，为了尽情享受大家对自己的爱戴，他走得很慢，轻微有点瘸。要是在摊位上看到了熟识的女士，就用自己的马鞭的一端触碰下她的帽檐。

他停在那儿聊天，带着微笑，露出歪歪斜斜的牙齿，狡猾的微笑挥之不去。突然他离开这摊位，对着肉铺老板们挤了挤眼，用手指做出下流手势。

"瘸子……切，瘸子……你过来。"另外一边又在喊他。

这游手好闲的家伙回过脸来，脸的一侧有棱有角，跟我们说等等，用手肘在扎堆的女士们中间打开一条路。不认识他的女士们，贪婪又爱抱怨的老妇人，都生气地瞪着他，对他极度不信任，露出无法掩饰的厌恶。这张三角脸被太阳晒得红彤彤，厚颜无耻也让脸变成青铜色。

这混混最喜欢在女人堆里摸她们的屁股。

"瘸子……过来，瘸子。"

瘸子很受欢迎。而且，像所有历史中的人物那样，他还喜欢交女性朋友，跟邻居女生打招呼，沉浸在跟矮墩墩商贩和烦人的婆娘一见面就产生的嘻嘻哈哈、脏话连篇的氛围里。

他说脏话时，红脸闪着光，就像是涂了猪油，卖下水的、卖蔬菜的和卖鸡蛋的听到这些污秽的话还很高兴，四处重述这满嘴跑火车的家伙的俏皮话。

他们喊着：

"瘸子……过来，瘸子。"

健壮的肉铺老板，那不勒斯人健壮的儿子们，有脏脏的大胡子，做着卑微的生意。这些平民有胖有瘦，他们阴险又狡诈，有的卖鱼，有的卖水果，还有卖肉的和卖黄油的。他们都是些贪财的无赖，都喜欢瘸子这种人，喜欢他的厚颜无耻，这个奥林匹克般的瘸子，没脸没皮又油滑，成了这集市的吉祥物。他在这人群中左扭右摆，沿路满地是块茎、菜叶子和橘子皮，嘴边哼着一首淫秽小曲：

再蹭点儿免费的真是美滋滋。

他在脖子上挂了条红色的手帕，黑色的背带松松垮垮。满是油污的帽子的帽檐宽大，盖住了他的额头。他没穿皮鞋，穿了紫色的布鞋，上面有阿拉伯式的粉色花纹。

一条鞭子不离手，他一瘸一拐地在车队里走来走去，去安抚那些因为无聊而互相撕咬的马匹。

瘸子，不仅看马，搞点小偷小摸，做点地下生意，还是永远戒不掉的赌徒。总之，他就是个和蔼的无赖，你能从他那儿得到好处，也可能被涮。

他说曾经上过驯马师的课。有一次在考试的时候，同行对他过于嫉妒，将他推下了马才扭伤了脚。我都不相信他曾去过养马场。

但他真的懂马的品种和特点，比修女知道的殉难的圣人都多。他脑子里的知识跟马类的百科全书有一拼。他要是谈起分和秒，你简直像在听一个天文学家，他要是讲他自己，讲起国家损失了像他这样一名马术师，你听了都想哭。

真是个懒汉！

我去找他，他正在摊位前对着女士们夸夸其谈，他抓住我的一只手臂，开始讲开场白：

"给我支烟，那个……"我们走向马车队，坐上一个有遮阳棚的车，开始畅谈。

他说：

"你知道吗，我给那个土耳其人萨洛蒙使了个绊子，他落了一条羊腿在车上，我叫来一个小子（他的马仔），跟他说：'快把这藏进房间。'"

他说：

"有一天一个老太太来了。她想要我扛一个包裹，一点都不重……我在那走来走去……一块钱，我跟她说，然后抓住卖鱼的马车用了起来。"

"我跑了好一阵，兄弟！我回来的时候都九点一刻了，马都累得满身是汗，让人害怕。我把马擦干，但这加利西亚人可能看出了什么，昨天和今天都来过好几次，看看他的车还在不在。现在我得再出一趟车，我用卖下水那人的车。"

他看到我笑了，又接着说：

"人总得活命啊，切，你看：一个包裹就挣十块钱，礼拜天收费加倍，我给'殿下''小巴斯克'和'小甜心'送了货……但'殿下'居然骗了我。"

他发现两个游手好闲的人在悄悄地围着车队最后的一辆马车晃悠，大叫了起来：

"切，大婊子养的，你们在那干吗？"

他举起了鞭子跑向马车。仔细检查了下马具之后，发起了牢骚：

"你们要是敢偷我的马鞍或是缰绳，我可是准备好了。"

下雨天，我总是跟他一起度过早上。

在车篷下，瘸子总是能用包裹和盒子做成舒服的椅子。我很容易找到他，因为在车篷下面，总是有烟雾流出来。瘸子拿起鞭子的柄，像端着一把吉他。他眯缝着眼睛，更用力地吸着烟，声音拖长，有时候鼓起了勇气，有时候带着惬意的悲痛，他唱道：

我有一个小房间，老兄。

在那总能搞点乐子。

我把它租给了她，

我把它租给了她，

让她单独接活。

帽子盖住了耳朵，烟在鼻子下绕着，半开的汗衫露出黝黑的胸，瘸子看上去像个小偷，他总跟我说：

"不对吗，切，黄毛，我看上去像个扒手。"

要不就是在烟雾缭绕中，小声聊着郊区的轶事，他在卡巴依托度过的童年的记忆。

他记忆中只有袭击和掠夺，光天化日的抢劫，这么几个名字，"小蒜头"、"英国佬"、阿雷瓦洛俩兄弟经常出现在这些故事里。

瘸子忧伤地说：

"我都记得！我还是个小屁孩。他们总在门德斯德安德斯和贝亚维斯塔街角活动，躺在一个加利西亚人商店橱窗那儿。这加利西亚人是一个傻瓜。他老婆被人睡了，还生了两个女儿。我都记得！他们总在那儿，晒晒太阳，捉弄路人。要是有戴帽子的经过时，他们总会喊：谁吃了猪腿呀？另外一个人则回答：那个戴帽子的。他们可真是笨蛋！你要是不听话，就给你好看。我记得，一点钟的时候，一个土耳人来了。我跟瘦子在酒馆对面的法国人开的铁匠铺里。一眨眼工夫，土耳其人的帽子飞到了街中央，他想拔出枪，'唰'的一下，英国佬一拳打翻了他。阿雷瓦洛抓住篮子，'小蒜头'抓住盒子。警察来的时候，只剩下土耳其人与帽子了，他哭得鼻子都绞在一起了。这些家伙里最残忍的是阿雷瓦洛。他很高、肤色黝黑，是个独眼龙。他有几个女人，最近跟他在一起的是个警察的老婆。他等于是已经被通缉了。一天晚上，他和其他几个朋友正要走到圣埃杜阿尔多街的一家小咖啡店时，被逮住了。警察搜了他们的身，他没带武器。一个警察给他戴了手铐，把他带走了。快到波哥大街的时候，他从汗衫底下偷偷取出一把弯刀，这刀还用丝绸纸包着，他直接把刀送进了条子的心脏里，只剩个刀柄在外面。条子直挺挺地倒下了，阿雷瓦洛逃跑了，躲在以熨衣服为生的姐姐家。但第二天，他又被逮到了。据说他被警察的橡皮棍子打得肺结核病犯了，就死了。"

这是瘸子说的版本，无聊、黑暗、血腥。他在集市休市之前讲完故事，然后邀我道：

"来，黄毛，我们去捡捡漏。"

"走。"

瘸子把袋子放在肩上，一个个摊位走过去，他都不需要向这些商贩伸手要，他们都对他喊：

"过来啊，瘸子，拿着。"

他拿起肥肉、胖胖的鸡蛋，菜贩子不是给他圆白菜就是给他土豆或洋葱，卖鸡蛋的给他些黄油，卖下水的给他点儿肝。瘸子乐呵呵，帽子歪在一个耳朵上，鞭子挂在背上，袋子拿在手里，在商贩面前狂妄地走过，仿佛一个国王。就连最吝啬的、最卑鄙的商贩也不敢不给他点儿剩菜，他们可知道，他有的是办法整他们。

完事儿之后，他说：

"来，跟我吃点儿。"

"不了，我家里等我回去呢。"

"来吧，别傻了。我们做牛肉和炸土豆吃。然后你弹弹琴，还有酒，圣胡安的小红酒，这酒很快就上头。我买了个大肚瓶，因为钱要是不花掉，就会被我赌掉。"

我清楚地知道为什么瘸子坚持让我跟他吃午饭。他想问我对他发明的意见，当然了，别看瘸子吊儿郎当，还有点儿发明家的天赋。瘸子，据他自己所说，是在马群里长大的。他利用午休时间搞一些小装置小发明来偷别人的钱。记得有一天，我在给他讲电铸的怪事，瘸子听得特别羡慕，好几天都想说服我，一起办一个印假钞的工厂。当我问他，从哪里搞来钱建工厂，他答道：

"我认识一个有钱人。我给你介绍，然后我们一起整。哎，做还是不做?"

"做。"

突然，瘸子警惕地看看四周，大喊一声，声音刺耳:

"小屁孩!"

这小屁孩正在和其他几个混混吵架，听到喊声就过来了。

他连十岁都不到，身高不到四英尺，但他菱形的脸很像蒙古人，贫苦与流浪的经验在他脸上刻下了抹不去的皱纹。

他鼻子扁平，嘴唇很厚，头发浓密，像是细密卷曲的绵羊毛，耳朵埋在里面看不见。这种土著又肮脏的形象，还穿着一条拖到了脚踝的裤子，一件巴斯克挤奶工穿的那种黑色衬衫。

瘸子对他专横地命令道:

"拿着这个。"

小屁孩将袋子扔到背上，迅速上路了。

他是瘸子的仆人、厨师、清洁工和助手。

他抓着袋子就像一只狗，他靠这个服务换点儿吃的穿的。这小屁孩真是他主人非常忠诚的仆人。

"你看，"他跟我讲，"有一天，一个女人在摊位前打开了钱包，掉出了五比索。小屁孩用脚踩住，然后捡了起来。我们就回家了，那钱上连半点煤星子都没有。"

"'你去看看人家给不给你赊账。'

"'不需要。'这疯子回答道，他拿出了这五比索。

"'他妈的，不错啊。'"

"从那以后，就开了荤了。你可不知道他干了啥。"

"你讲吧。"

"你听听看他做的事！一天下午，我看他出去了。

"'你去哪儿?'我问他。

"'去教堂。'

"'啥，去教堂?'

"'对头。'

"然后他跟我说，教堂门口的墙里有一个盒子，是施舍用的，他看到了一比索纸币的一角露了出来。他看这张纸币塞得很紧，但拿一根别针就能取出来。他用别针做了个钩子，只要是有人放进去钱，就能钩出来。你看看他做的事！"

瘸子笑了，我有点怀疑这小屁孩能发明鱼饵，我却坚信这钓鱼工作是瘸子做的，但我没跟他说，只是拍拍他的背，惊呼:

"哎！瘸子，瘸子!"

瘸子笑了，嘴唇都扭曲了，露出了牙齿。

有那么几个晚上。

怜悯，谁能可怜可怜我们。

在这片土地上，谁能可怜可怜我们。卑微的我们没有可跪拜的上帝，我们整个悲惨的人生都在哭泣。

我会跪在谁面前呢？我跟谁去诉说我的痛苦？这种在一个炎热的下午出现的痛苦，现在还在我身体挥之不去。

我们多么渺小，母亲大地没有张开双臂拥抱我们，所以我们干涩地站在这里，被无能所肢解。

为什么我们都不知晓上帝是否存在？

哦！如果他能在傍晚出现，平静地将他的手放在我们的太阳穴那儿，该多好。

我们还能向他要求点什么？我们只能在眼中带着他的微笑走开，眼泪落在眼睫毛上。

一天，周四下午两点，我的妹妹告诉我，有人找我。

我出了门，惊奇地发现是瘸子，穿着西装，跟往常不同了，将红色的方巾换作了中规中矩的布领子，那些花花绿绿的鞋子也变成了锃亮的皮鞋。

"你好！你来啦。"

"你有时间吗，黄毛？"

"有啊，干啥？"

"那你出来吧，我们得谈谈。"

"好啊，等我一会儿。"

我迅速进屋戴上领带，拿起帽子就出门了。我立刻怀疑起来，尽管我不知道瘸子拜访的目的，我还是警觉了起来。

我们走在街上，我仔细看了看他的脸，我发现他有重要的事情要跟我讲，但是偷偷斜眼看我，我就忍住好奇，仅仅发出一个词：

"那么……

"你好几天没来集市啦。"他说。

"对……最近比较忙……你呢？"

瘸子转头看着我。我们走在一个阴暗的人行道上，他开始讨论天气，然后讲到了贫困、每天工作给他带来的不适。他还跟我讲，上周有人偷了他的缰绳。说完这些话题之后，他将我拦在人行道中央，抓住我的一只胳膊，突然说道：

"你跟我说，切，黄毛，你是我能信任的人吗？"

"你大老远跑来就为了问我这？"

"你是还是不是？"

"哎，瘸子，你说呢，你相不相信我？"

"是……我相信你……但是，你说，我能不能跟你说些事情？"

"当然了。"

"好吧，那我们进去喝一杯。"瘸子走向一个商店的啤酒柜台，跟正在洗杯子的服务员要了一瓶啤酒，我们选了最阴暗的角落里的一张桌子坐下，喝完之后，瘸子如释重负：

"我得咨询你个事儿，黄毛。你挺懂科学的。但是，麻烦下，切……我建议你，黄毛……"

我打断了他：

"哎，瘸子，等等。我不知道你要跟我讲什么，但我提醒你，我知道保守秘密。我不会问也不会说的。"

瘸子将帽子放在了椅子上。他还在犹豫，鹰一般的侧影露出他思想上难以决断，反射性地轻轻地移动着下巴上的肌肉。在他的瞳孔里，冒出一种勇气之火，然后使劲盯着我，解释道：

"这将是一个经典案件，黄毛。至少一万比索。"

我冷漠地看着他，这种发现了秘密却展现的冷漠，会给我们带来巨大的好处，我为了激起他更多的信任，回复道：

"我不知道要干什么，但也不多。"

瘸子的嘴慢慢张开了。

"你——觉——得——不多？一万比索啊，黄毛，至少……"

"我们是两个人啊。"我强调。

"三个。"他回复。

"那更差了。"

"第三个是我女人。"

他没做解释，突然掏出一把钥匙，一把小小的扁平的钥匙，将它放在桌上，丢在那里。我没碰。

我仔细盯着他眼睛，他微笑着，仿佛一种欢乐的疯狂将他的灵魂变大了，突然，他脸变得苍白了。他连着喝了两杯啤酒，用手背擦了擦嘴，说话声音很不像他：

"生活真美好！"

"对，生活是美好。瘸子，是美好的。你想想广阔的田野，想想海另一端的城市，对我们穷追不舍的女士们，我们像绅士一样走过海那头的城市。"

"你会跳舞吗，黄毛？"

"不会。"

"据说在那里，会跳探戈的人可以跟百万富婆结婚……我要去，黄毛，我要去。"

"拿什么钱去？"

他生硬地盯着我，然后脸色变快乐了，在鹰一样的脸上，一种巨大的善意在扩张。

"你要是知道我提前做了多少准备工作，黄毛。你看到这钥匙了吗？这是一个保险柜的钥匙。"

他把手插进口袋里，取出另外一把更长的，继续说道：

"这是保险柜所在的房门钥匙。我花一晚上做出来的，黄毛，我磨了好长时间，像个黑人那样干得可累了。"

"她给你带来的钥匙？"

"对，第一把我一个月前做好的，第二把是前天做好的。我这几天在集市上等你来，你却没来。"

"那现在怎么说？"

"你愿意帮我吗？我们平分。一共一万比索，黄毛。昨天那人刚放进保险柜。"

"你怎么知道的？"

"他去了银行，取回一大包现金。她看到了，说都是红色的。"

"你给我一半？"

"对，平分，你愿意干吗？"

我猛地坐在椅子上，假装过于激动。

"我祝贺你，瘸子，你的设计非常完美。"

"你这么觉得，黄毛？"

"大师都不能像你计划得那么周全。都不用撬锁器。干净利索。"

"是吧？"

"利索的活儿，兄弟。之后你老婆要藏起来吧？"

"不需要。我租了一间带地下室的房间，最初几天，我们把她藏那儿。然后，找一天让她化装成男人，我把她带去北方。"

"你想出去走走吗，瘸子？"

"好，出去吧……"

香蕉树冠给我们挡住了太阳的炙热。瘸子一边思考，一边在唇间吐着烟。

"那家主人是谁？"我问他。

"一个工程师。"

"啊，工程师啊？"

"对，你跟我讲真话，你干不干？"

"为什么不呢？对……哎……我已经烦透了到处去卖纸。我的生活一成不变，感觉都要爆炸了。你说说看，瘸子，这种生活有意义吗？我们工作是为了吃饭，吃饭是为了工作。没有一星半点的快乐，没有参加任何的派对，每天都一样，瘸子，我都快无聊死了。"

"好吧，黄毛，你说的对……那么你是干嘛？"

"对啊。"

"那今晚我们就干。"

"这么快？"

"对，他每天晚上都出门，去俱乐部。"

"他结婚了吗?"

"没有，一个人住。"

"离这里远吗?"

"不远，纳斯卡前面一个街区，波哥大街。你高兴的话，我们先去看看他家。"

"是高楼吗?"

"不，矮房子，前面有一个小花园。所有的门都通向门廊。有一条长长的土路通向门口。"

"那她呢?"

"是用人。"

"谁做饭?"

"有厨师。"

"那看来这家有钱。"

"你得看看那房子！里面什么家具都不缺。"

"今晚我们几点去?"

"11 点。"

"她一个人在?"

"对，厨师做完饭就离开。"

"这安全吗?"

"安全。路灯离他们家还有半个街区呢，她会留门，我们直接进去，到书房，取出钱，就远走高飞，我把她带走藏好。"

"警察怎么办？"

"警察……警察只会抓记录在案的。我是个看马的，再说我们还用手套呢。"

"你想听我一句劝吗，瘸子？"

"两句都行。"

"好，听我说。我们首先要做的是今天不要在那儿出现。因为某个邻居可能会认出我们，把我们送去受死。既然你认识那家，就没必要再去了。很好。第二，这工程师几点钟出门？"

"9 点半到 10 点，我们可以在那侦察下。"

"开保险柜就是十分钟的事情。"

"十分钟都不要，钥匙试过了。"

"这么周密，非常好……那我们 11 点去。"

"对。"

"我们在哪见？"

"随便哪里。"

"不，要谨慎点。我 10 点半在'兰花'酒馆等你。你进来，但别跟我打招呼。你坐另外一张桌子，11 点我们一起出门，我跟着你，你进家里，我跟上，然后各奔东西。"

"这样可以避免引起怀疑。想得很棒……你有手枪吗?"

"没有。"

突然他手里出现了一把抢,我还没来得及推辞,他就把枪塞进了我口袋。

"我还有一把。"

"不需要。"

"你永远不知道会发生什么。"

"你敢杀人吗?"

"我……真是个问题,当然了!"

"哎。"

有人从我们身边经过,我们沉默了。一种快乐从蓝天降落下来,过滤成了我负罪灵魂中的悲伤。我记得我问他的问题是:

"那她怎么知道我们今晚去?"

"我通过电话给她信号。"

"工程师白天难道不在家?"

"不,要么我现在就打电话。"

"从哪儿打?"

"从这个小店吧。"

瘸子进去买了一粒阿司匹林,不久就出来了。他已经和他女人讲好了。

我怕有什么玄机，就跟他确认：

"这事儿你确定拉我一起干，对吗？"

"对，黄毛。"

"为什么？"

"没有为什么啊。"

"现在什么都准备好了。"

"都好了。"

"你有手套吗？"

"有啊。"

"我戴双袜子，反正是一样的。"

我们沉默了。

整个下午，我们瞎逛着，陷入深思，各种想法都让我们
害怕。

我记得我进了一家木球场。

我们在那喝了点儿东西，但生活在我们周围旋转，像是一个
醉汉眼中的景象。

长时间麻木的形象，云雾之中的脸孔在我的意识里上升，太
阳的光芒刺痛了眼珠。一种很大的梦想抓住了我的感官，时不时
让我蹦出些不过大脑的快人快语。

瘸子漫不经心地听我说。

突然一个敏锐的想法在我的精神中分岔，我感到它进入了我热乎的内脏之中，像一根冰冷的水柱，触到了我的心脏。

"如果他告密呢?"

这想法突然来袭，让我很害怕，我惊恐地看着瘸子，在树荫下，眯缝着眼睛看着球场，木球四处奔走。

这是个阴凉的地方，适合酝酿残暴的想法。

宽阔的纳斯卡街插入天际。酒庄伙计涂成绿色的木头房间，紧贴着一栋高楼铺满沥青的墙，这片地上还有许多工程沙地，一条条地平行伸展开。

几张铁质桌子分布在不同的地方。

我又再次想道:

"他要是告密了呢?"

瘸子睡着了，下巴抵在胸口，帽子盖在额头上。一束阳光落在他的腿上，裤子上染上了大块油污。

一种巨大的鄙视使我的精神麻木，我猛然抓住他的一只胳膊，对他大喊:

"瘸子。"

"哎……哎……怎么了?"

"我们走吧，瘸子。"

"去哪里?"

"回家。我得准备衣服。今晚我们干完事儿，明天就跑路了。"

"对，走吧。"

现在剩下我一个人了，我理智中的恐惧越变越多。我看到了我在人群之中被拉扯的生命。在他们中间，声名狼藉牵扯着我的生命，他们中的每一个人都可以用一个指头来戳我。我，我再也不属于我自己了。

我的理智跟我说：

"如果我干了这个，我就会毁掉我认识的最高贵的人的生活。

"如果我干了这个，我会陷入无尽的自我谴责。

"我会孤身终老，会像犹大一样。

"整个一生我都会带着痛苦。

"每天都会痛苦！"

我在内心生活空间里被拉扯，像一种悲伤，连自己都觉得羞愧。

我尝试混迹在陌生人群之中，却是徒劳。记忆，像是一颗蛀掉的牙齿，它发出的臭气搅黄了这片土地上所有的香气，但我越想将这事推远，我凶狠的一面就越觉得臭名昭著很有意思。

"为什么不呢？我会守住一个秘密，一个很昂贵的秘密，一个恶心的秘密，这秘密会推动我去调查什么才是我黑暗的根源。到时候，我没事儿干，想起瘸子就很难过的时候，我会问自己：为什么我那么无赖？我不知道怎么回答，思前想后，我会感到内心打开了奇怪的精神景象。"

而且，这笔买卖可是很划算。

事实上，我止不住跟自己说，我是一个有点儿滑头的疯子，但罗坎伯乐不也差不多吗：他杀人……我不杀人。他为了几个钱就给尼古罗作假证，把他送上了断头台。连他像母亲那样爱戴的费帕尔特老婆婆，他也把她掐死了……他还杀了威廉姆斯上将，夺走了他几百万，抢了他的爵位。还有谁他不背叛的呢？

突然，我惊讶地发现我清楚地记得这部作品中的一个场景：

罗坎伯乐一时忘记了他身体的痛苦。他是个犯人，背上全是狱警鞭打的瘀青。他感到一阵迷幻，眼前仿佛出现了醉人的旋风，巴黎、极乐世界、意大利人大道、整个被光和噪声照亮的世界，他曾在这个中心居住过。

我想：

"我呢？我也会这样吗？我会不会像罗坎伯乐一样看到这样的奢华的场景？"

我对瘸子说过的话再次回响在耳边，但好像是从别人嘴里讲出来的：

"对，生活是美好的，瘸子……是美好的……想想那些广阔的田地，想想海另一端的城市，对我们穷追不舍的女士们，我们像绅士一样走过海那头的城市。"

另外一个声音像螺丝一样缓慢地转出来：

"无赖……你是一个无赖。"

我的嘴扭曲了。我记得住在我家旁的一个笨蛋，总是用鼻音跟我说："又不是我的错。"

"无赖……你是一个无赖……"

"又不是我的错。"

"啊！无赖……无赖……"

"我不管了……我会像加略人犹大那么美。整个一生我都会带着痛苦……痛苦……悲伤会在我眼前打开精神的地平线……但是开什么玩笑呢？我难道没这个权利？难道我？我会像加略人犹大那样美……一生都会带着痛苦……但是……啊，生活是美好的，瘸子……是美好的……而我……我打败了你，我砍了你的头……我欺骗了你……对，骗了你……你那么聪明……你那么狡猾……我打败了你……对，你，瘸子……于是……于是我会像加略人犹大一样美……我会痛苦……痛苦……你是头猪！"

大块金色的色块盖着地平线，从那里升起了锡质的羽饰，暴风雨般的云朵，被橙色的薄雾包裹着。

我抬起头接近穹顶，在云朵草原之中，我看到了一颗星星发出微弱的光。这像极了颤抖的水飞溅到了蓝色瓷器的裂痕里。

不知不觉，我已经到了与瘸子约好见面的街区。

枝繁叶茂的合欢树和女贞树给人行道盖上了树荫。街道很安静，有资产阶级的浪漫，上漆的栅栏后面是小花园，树丛和破损的石膏塑像中还有沉睡的小喷泉。一架钢琴在这黄昏的不安之中发出响声，我被这声音吸引住，像是茁壮成长的苗芽上的一颗露水。不知藏身何处的蔷薇中散发出一阵香味，我陶醉在其中，膝盖开始摇晃，铜牌上刻着一行字：

阿尔塞尼欧·维特利：工程师

这是三个街区以内，唯一一个指明职业的名牌。

跟其他的房子一样，小花园里花朵盛开，花园一直延伸到大厅前。一条碎瓷砖铺的路面，通向玻璃门，花园拐了个直角弯，沿着侧面的围墙继续延展，依然布满花朵，花园上方还有玻璃顶防止雨淋。

我停了下来，按下了门铃。

玻璃门打开了，在门框中，我看到了一个眉心很窄的黑白混血女孩，眼神阴险，恶声恶气地问我来干啥。

我问工程师是不是在家，她回答说去看下，然后反过来问我是谁，我想要干什么。我丝毫不焦虑，回答道，我叫费尔南·冈萨雷斯，是一个画家。

这混血姑娘进去了，然后态度和缓了，让我进去。我们穿过许多扇门，内窗都关着，突然，她打开了一扇办公室的门，我面前出现了一张书桌，右边有一盏盖着绿色灯罩的灯，我看到了一个花白头发斜着的脑袋，这个人看了看我，我跟他打了招呼，他示意我进去。然后说道：

"等一下，先生，我马上招待您。"

我观察着他。尽管他有白头发，还是很年轻。

他的脸上有倦意和忧郁。眉头皱得很厉害，黑眼圈很深，在眼皮下形成了个三角眼袋，嘴角轻轻往下，脑袋靠在手掌上，看向一张纸。

墙上挂着豪华大楼的设计图。我盯着他的书柜，全都是书，我刚看到一本书名：《水的法律》，维特利先生就开始问我：

"如何为您效劳，先生？"

我压低了声音回复：

"抱歉，先生，首先我想问下，我们是不是单独在这儿谈？"

"我觉得是吧。"

"您允许我问一个也许不礼貌的问题吗？您没结婚，对吗？"

"没有结。"

现在他严肃地看着我，他干瘦的脸逐渐获得了一种力量，然后扩散成另外一种更为严重的力量。

他靠在椅背上，将头仰着，灰色的眼珠冷漠地打量着我，突然瞧了瞧我的领带，然后看着我的眼睛，然后就定在了眼眶里，等着用不寻常的东西来奇袭我。

我明白，不能再绕弯子了。

"先生，我来告诉您，今晚有人会来您家偷窃。"

我本以为他会很惊讶，但我错了。

"啊，这样啊……您怎么知道？"

"因为我受到这窃贼的邀请了。而且您刚从银行取出一笔很大数额的钱，存在了保险箱里。"

"这倒是真的……"

"这个保险箱，和保险箱所在的房间，这窃贼都有钥匙。"

"您见过？"他从口袋里掏出一串钥匙，给我展示了一把最厚的。

"是这把吗？"

"不是，是另外一把。"我捏了捏跟瘸子给我看的一样的那把。

"窃贼都是谁？"

"主谋是一个看马车的，叫瘸子。从犯是您的仆人，她晚上偷出了钥匙，瘸子就在很短时间内复制了一把。"

"您参与这事儿了？"

"我……我只是认识他，被他邀请来分享这盛宴。瘸子来我家建议我跟他一起干。"

"他什么时候来见您的？"

"大约今天中午 12 点。"

"之前，您没有参与他的筹备工作吗？"

"筹备工作？没有。我认识瘸子，我是在卖纸时在集市上认识他的。"

"那么您是他的朋友……这么信任您，必须是朋友啊。"

我脸红了。

"也不是特别好的朋友……但我总是关心他的心理。"

"仅此而已？"

"对，为什么问这个？"

"您刚才说……你们今晚计划几点来？"

"我们会侦察，等到您出门去俱乐部的时候，这混血姑娘会给我们开门。"

"这计划不错。这个叫瘸子的主谋住在哪？"

"康达尔科街 1375 号。"

"好，那就全齐了。您的住址？"

"加拉加斯街 824 号。"

"好，请今晚 10 点来。那时候，所有东西都会藏好了。您的名字是费尔南·冈萨雷斯。"

"不，我刚改了名字，是怕混血姑娘从瘸子那儿听过我名字，猜到我可能会参与这行动。我叫西尔维奥·阿斯铁尔。"

工程师按了按铃，看了下周围。一会儿，仆人来了。

阿尔塞尼欧·维特利的脸依然保持平静。

"加夫列拉，这位先生明早来拿这些地图卷。"他指了指一簇被扔在椅子上的东西，"哪怕我不在，你也给他。"

然后，他起身，冷漠地握了握我的手，然后我跟着女仆出去了。

瘸子晚上 9 点半就被捕了。他住在一户穷苦人家的木质阁楼上。在那儿等他的警察从小屁孩那得知，瘸子已经来过了。"打了个包裹就走了。"因为他们不知道他经常出没的地点，他们就直接去找房东了，给她出示了警察的身份之后，就从一个非常陡的楼梯爬上瘸子的房间。房间里表面上看没什么值钱的东西。但是，一件无法解释和荒谬的事情出现了，房间很明显的地方有个钉子上，上面挂着两把钥匙。在煤油桶里，他们找到了一把用旧布包着的手枪，在桶底还有一些新闻剪报，藏得很深。新闻报道的都是一些警察没找到肇事者的抢劫事件。

所有的剪报讲的都是同一种故事，可以推断瘸子对此很熟悉，警察也预防性地逮捕了小屁孩，警察将他送去了片警那儿。

在这阁楼上有一张白色的松木桌，侧面有个抽屉。那里面有手表的螺丝，一组精细锉刀，上面有最近用过的痕迹。

这些犯罪证据都被记录下来，这家主人被再次传唤。

她是一个不要脸又贪婪的老太婆，用一块黑头巾包住了头，在下巴那打了个结。额头上盖着一些白色的刘海，她的下巴在说话的时候动作幅度非常小。她三个月前才认识瘸子，瘸子付房租很准时，每天上午出门干活。

当问到这窃贼最近接待了什么人，她确实给了相关信息。她记得"上周下午3点，一个黑女孩来过，6点和安东尼奥一起出了门"。

警察排除了她参与偷盗的可能性，命令她保守秘密，老太太因为恐惧而承诺保守秘密。两个警察回到阁楼里等瘸子，因为工程师希望瘸子能在家被捕，这样可以减轻他的罪状。

也许他也认为我参与了瘸子的决定。

警察以为他不会回来了，也许在外面的某个饭店吃一顿，喝点儿酒壮壮胆，但他们错了。

这几天瘸子赢了点儿钱。他离开我之后，就回到阁楼，然后就去了常去的妓院。在商店歇业之前，进了一家行李店，买了一个行李箱。

然后他就回自己的房间了，完全没想到将要发生的事情。他哼着探戈小曲上楼梯，这些调调让行李箱在台阶上不断发出的敲击声更加刺耳了。

他打开房门，行李箱被他扔在了地上。

他伸手进口袋去取火柴盒，这时候，胸口被人猛烈敲击，不由自主地后退了几步，另外一个条子抓住了他的胳膊。

毫无疑问，瘸子立刻明白了怎么回事，因为他绝望地挣脱开。

警察想要追上他，却被行李箱绊倒，一个警察从楼梯上滚了下来，口袋里的手枪掉了出来，还走了火。

这声巨响吓坏了家里的住户，他们错误地以为是瘸子开的枪，这时瘸子还没跨出家门。

于是更可怕的事情发生了。

老太太的儿子是个职业屠夫，从他妈那儿知道了发生的事情，抓起一根棍子，跑去追瘸子。

才几步路就追上了。瘸子拖着他那没用的腿跑着，突然棍子打在了他的手臂上，他回头一看，又一棍子敲在了他的头骨上。

他被打得呆住了，想要用一只手防御，但警察赶到了，想要绊倒他，又一棍子打在了他的肩上，将他打倒在地。当他们给他铐上链条时，瘸子痛得大喊了一声：

"哎呀，我的妈呀！"

又一棍子让他闭了嘴，他双手被链条铐住，警察在他两侧走着，生气地拧着链条。他逐渐消失在黑暗的街道中。

当我到达阿尔塞尼欧·维特利家时，加夫列拉已经不在了。

我出门后一会儿她就被捕了。

一个被召唤来的警官在工程师面前填写问讯表格。这个混血女人最初拒绝坦白，但警方骗她说，瘸子已经被捕了，她开始哭了。

这里的目击者永远都不会忘了这个场景。

这黑女人，蜷缩着身体，闪光的眼睛四处看着，像是一头随时会进攻的母兽。

她颤抖得格外厉害，当他们强调瘸子已经被捕了，还会因此遭点儿罪，她轻轻地哭了。她哭得那么小心，围观者的眉头都皱紧了……她突然抬起胳膊，手指停在发髻上，从里面取出一个小梳子，将头发散落在肩头，双手合十，疯了似的看着周围的人：

"对，是真的……是真的……我们走吧……我要去找安东尼奥。"

他们用车把她带去了警局。

阿尔塞尼欧·维特利在书房接待了我。他脸色苍白，说话时
眼睛没看我：

"请坐。"

出乎我的意料，他笃定地问：

"我欠您多少钱？"

"什么？"

"对，我欠您多少？因为我只能付您钱。"

我明白了他对我扑面而来的蔑视。

我逐渐失去了血色，站起了身：

"对，您只能付我钱。请收起来吧，我没问您要。再见。"

"不，过来，请坐……那您告诉我，为什么这么做呢？"

"为什么？"

"对，为什么您要背叛您的同伴？没有原因？这么小的年纪，
这么没尊严，您难道不觉得羞耻吗？"

我脸红到了头发根，我回道：

"对的……有时候在我们的生活中，有必要做个无赖，内心
肮脏点儿，做点儿无耻的事情，随便什么……永远摧毁一个人的

生活……然后我们才能继续坦然地迈步走路。"

维特利不看我的脸。他的眼睛盯在我的领结上，他的脸色逐渐获得了一种平静，然后扩张到另外一种更可怕的宁静。

我继续说：

"您侮辱了我，但我不在乎。"

"我本可以帮您。"他嘟囔着。

"您可以付给我钱，现在不用了，因为我内心的平静让我感到，尽管我做了许多无赖的事，我依然比您高贵。"我突然生气了，对他吼道，"您算哪根葱？"我仍然感觉揭发瘸子像一场梦。

他声音柔和，回复道：

"您为什么这样？"

一种巨大的疲劳迅速控制了我，我瘫坐在椅子上。

"为什么？上帝才知道。就算过了一千年，我也不能忘记瘸子的脸。他会变成什么样？"

上帝才知道。但对瘸子的记忆会一直在我的生活中，在我的思想中，像是我一个走丢的儿子。他可以对着我的脸吐唾沫，我不会回嘴。

一种巨大的悲伤穿过我的生命。我永远会记得这一时刻。

"如果是这样，"工程师嘟囔着，突然站起身来，亮亮的眼睛盯着我的领结，像梦呓一样说着，"您说了，就是这样。每个人按照自己内心残酷的律令办事。就是这样，就是这样。人们遵守残酷的律令。就是这样，但谁跟您说这是一种律令呢？您从哪学到的呢？"

我回道：

"就像一个世界突然掉落在我们身上。"

"但您预见到了有一天会变成犹大吗？"

"没有，但是现在我很平静。我会像一个死人一样活着。我就是这么看待生活的，它像一个巨大的黄色沙漠。"

"您不担心这种状况吗？"

"为什么担忧？生活那么伟大。刚才，我感到我所做的事情已经在一万年前就设定好了，然后我相信世界会打开变成两个部分，所有的东西都会变成更纯洁的颜色，人们不再那么不幸。"

一种天真的微笑出现在维特利的脸上，他说：

"您这么觉得？"

"对，有一天会发生……会发生，人们会走上街头互相询问对方：这是真的吗？这是真的吗？"

"您，请问，您从来没有生过病吗？"

我明白了他在想什么，我笑着说：

"没有……我知道您在想什么……我没疯。这里有一个真相，对……我知道生活在我这总是会变得无比美丽。我不知道人们是否像我一样感到生命的力量，但我的内心有一种快乐，一种充满了快乐的无意识。"

一种突然的清醒让我分辨出了我之前行动的动机，我接着说：

"我不是一个恶人，我是一个对我内心巨大力量很好奇的人。"

"继续说，继续说。"

"什么都让我吃惊。有时候，我有一种感觉，仿佛我一个小时之前才刚来到世间，什么都是崭新的、闪闪发光的、美丽的。于是我会在街上拥抱人们，我会停在人行道的中央对他们说：你们的脸为什么那么悲伤？生活是美好的，美好的……您不这么觉得吗？"

"是啊……"

"能知晓生活是美好的，这让我开心，到处都是花朵……让我有一种跪下来感谢上帝的冲动，感谢他让我诞生。"

"您相信上帝吗？"

"我相信上帝是一种活着的快乐。您可不知道！有时候我感到我有一个巨大的灵魂，像是用花做成的教堂……我很想大笑，很想走到大街上，友好地拍拍人们的肩膀……"

"接着说吧……"

"您不觉得无聊么？"

"没有，继续吧。"

"问题是，这些事情没法跟人说。人们会觉得我疯了。我自问，我拿我内心的生活怎么办？我很想给别人看……将它送人……靠近人们跟他们说：你们得快乐！知道吗？你们得玩海盗游戏……建造大理石之城……笑起来……放烟火。"

阿尔塞尼欧·维特利起身，笑着说：

"都很好，但是人还是得工作。我能帮您做点儿什么？"

我想了一会儿，说：

"您看，我想去南方……内乌肯省……那里有冰川和云朵……高山……我想看看山。"

"很好，我会帮您的，我会给您在里瓦达维亚海军准将城找到一个职位。但现在请离开吧，我得工作了。我很快会给您写信的……啊！别丢了您的快乐，您的快乐是美丽的。"

他的手紧紧地握了我的手。我被一张椅子绊到了……然后走了出去。

译后记

罗伯特·阿尔特是 20 世纪阿根廷小说家，擅长描写城市底层民众生活，被誉为"20 世纪拉美城市小说的奠基者""拉美大陆第一个现代作家"。所谓"城市小说"与"现代"，是相对于 20 世纪初阿根廷主流乡村风俗主义小说而言的。当时，像《堂·塞贡多·松布拉》这样的，描写潘帕斯草原上高乔牛仔自由不羁生活的"新高乔文学"最为流行。在阿尔特开始写作的 20 世纪 20 年代，阿根廷国力昌盛，处在农业出口繁荣"黄金时代"的末尾，首都的外国移民人口比例奇高，全新的阿根廷民族文化和语言正在塑造的过程中。受先锋派的影响，文化界发生着美学变革，出现了佛罗里达派（Grupo de Florida）和博埃多派（Grupo de Boedo），前者视角更为精英，博尔赫斯与其较为接近，后者主张文艺应贴近社会现实，尤其应关心社会底层群体，阿尔特较为靠近这一群体。

阿尔特出身贫寒，从小不断打工维持生计，没有机会接受正规的学校教育，却自学成才。他承认自己教育背景的薄弱，"我做过书店店员、铁匠学徒、漆匠学徒和机械工。我还领导过一个砖厂，做过掮客、小报的编辑、港口工人。"尽管生活艰难，阿尔特却一直抱有成为伟大作家的梦想。这一点，他的邻居，阿根廷诗人洛克斯洛（Conrado Nale Roxlo）可以做证。他看到，对于阿尔特来说，文学是生死攸关的事，生活只有一个意义，就是成为伟大的作家。那么，作为伟大的作家，应该写些什么内容？

阿尔特可不想写漂亮的诗句，他与博埃多派关系较为紧密，认同这个群体对作家的定义，即"社会作家"，他要写的正是阿根廷人的痛苦和贫困。可这样接地气的内容和语言，不符合当时主流文化界的审美，常常遭到出版社的拒绝。他的第一部小说，从 1919 年开始写作，到 1926 年才得以出版，且出版后立即引发众多的争论。他在写作期间，也不得不继续打工养家糊口。可以说，他的文学道路是异常艰难的。

阿尔特选择了书写城市，他总是描写布宜诺斯艾利斯 20 年代衰败的资产阶级社会的底层生活，文字总有语法错误，语言混杂，夹杂着许多外国话，与传统的"好文学"相去甚远。他对自己文学的评价是"即兴的和非正规的"。他的自学成才的底层背景也成为一个诟病。因此，阿尔特这样的文字引起了精英文人的不屑，"他可真不会写小说"，"他就是个可怕的半文盲"。可正是这"差文笔"，这类被普利耶托（Julio Prieto）称为想要超越魔幻现实主义的"恶文学现实主义"，却预示了阿根廷现代民族文学的诞生。

阿尔特的文学地位一直没有得到认可，各类阿根廷文学史书中对他的提及都非常吝啬。这一现象一直持续到了21世纪。在特立尼达·巴雷拉（Trinidad Barrera）出版社2008年出版的《西语美洲文学史》中，只有基罗加（Horacio Quiroga）、里维拉（José Eustasio Rivera）、吉拉尔德斯（Ricardo Güiraldes）、加拉戈斯（Rómulo Gallegos）这样的大作家才占据了专门的章节，关于阿尔特的介绍仅寥寥几行。

但与此同时，也有批评家视其为天才，认为他塑造了区别于前宗主国的西班牙语的"阿根廷语言"，打破了口语与书面语言的界限，开创了新的叙事方式。20世纪80年代，这种夹杂着俗语俚语的底层语言文学又重新得到了认可，被提升到了高级文学的地位。在新潮流的影响下，阿尔特被提升到了与博尔赫斯齐平的大师地位。其中呼声最高的是奥内蒂、科塔萨尔和皮格利亚这些文学大师。奥内蒂认为，阿尔特这些语言上的缺陷正是他文学本能的体现。科塔萨尔毫不掩饰对他的仰慕。他坦言，其他大作家对他的影响都随时间消散了，阿尔特却一直在他的脑海中，他认为这种"差文笔"正是其文字的强大力量。皮格利亚也说阿尔特是他的榜样，他认为这种"邪恶的写作"，在阿根廷历史上是有迹可循的，从19世纪萨米恩托的《法昆多》，到现代小说如科塔萨尔的《跳房子》都可见其踪影。皮格利亚还曾模仿其语言写作。他认为博尔赫斯是面向19世纪的，阿尔特则是开创性的，是从阿根廷文学中产生的唯一一个现代作家。阿尔特故意写出别扭的语言，仿佛想用文字毁掉生活，用文学创作羞辱自己。

《愤怒的玩偶》的出版过程一如小说主人公的人生一样坎坷。阿尔特1919年开始写这部小说的草稿，1924年回到布宜诺斯艾利斯的时候，行李箱里装着这部小说的几个章节。他寄给好几家出版社，有的编辑朋友给他出版了一些片段，如1922年，在格鲁伯格（Samuel Glusberg）主编的《巴别》（*Babel*）杂志上出版《青年的回忆》，其他两篇为出版在《船头》（*Proa*）杂志上的《教会诗人》和《瘸子》。卡斯特尔诺沃（Elías Castelnuovo）是阿尔特的朋友，他作为光明出版社（Claridad）的编辑，曾经拒绝出版这部小说，理由是用词不好，需要修改，阿尔特不断跟他争论，双手抓住书抵在胸前，说："您觉得我的小说不好，格鲁伯格也说不好，格雷泽尔（Gleizer）也说不好，但我和我老婆都认为这是本好书，非常好。"1926 年，阿尔特参加了拉丁出版社的文学比赛，一位编辑朋友最终帮助他出版了小说。

小说最初的名字是《猪一样的人生》，编辑认为不雅，改为《愤怒的玩偶》。小说的原名道出了这小说的真谛，即这是失败的、肮脏的、失望的人生。新题目的寓意，也许是指人是被命运捉弄的玩偶，也可能指涉主人公无用的小发明。有学者认为，这与文中不断提及的诗人波德莱尔诗中许多的"玩具"对应，意在改变玩具本来的娱乐功能，玩具对玩具的制作者产生愤怒和反叛，隐射对这个现代化初期的工业世界的愤怒，因为它消灭了劳动者的梦想。

《愤怒的玩偶》由四个单独的小故事组成，前后故事之间联系不是那么紧密，四个故事唯一的联系是同一个主人公，一个生活在阿根廷首都郊区的底层青年阿斯铁尔，四个故事中偶尔出现前后情节呼应。这种特点让小说看上去不像后来的作品《七个疯子》那样，具备更为完整的小说叙事的特征。然而，正是这种不正规性，展现了天才阿尔特创作初期的许多惊人的创新。

阿尔特笔下的人物都是底层老百姓，即各个不同国家来的移民，经历了各种各样的失败。主人公阿斯铁尔在其青春期形成过程中，阅读了大盗小说、科学读本等书籍，他一直梦想成为大盗，罗坎伯乐这个江洋大盗是他理想的英雄形象，他也想成为这样的劫富济贫的人。于是，他与两个朋友组成的"夜半骑士俱乐部"，将一些偷盗想法付诸实践。这些冒险的偷盗行为将他们从贫困中抽离了出来，提升了他们的肾上腺素，乐此不疲。他们提出这俱乐部还得配备一个图书馆，提供科学书籍以供学习。第一次的公开行动也只在图书馆偷书。在对书籍的评价中，文学是高于技术类的。诗歌成为最为值钱的，如波德莱尔，再如阿根廷本地的卢贡内斯的《金山》。这样的冒险以警察的追捕而告终。

阿斯铁尔热爱科学知识，发明了一些无用的小物件，设计了一门大炮，设想了流星计数器和语音打字机。这些发明能唬住文化水平不高的军人，却唬不住高官和上层。小说中的一个通神者认为这些都是雕虫小技，根本不能靠它们致富。他的聪明才智，因为没有经历正规体制训练，变得一文不值。在这样的社会中，他的社会晋升通道不断被关闭，让他最终陷入绝望。

怀有英雄梦想和科学家梦想的阿斯铁尔不得不面对贫困的现实，在他的两次工作经历中，他感受到的不是雇主所说的劳动最光荣，而是屈辱和压迫。这种感觉，在他陪着书店老板提着过大的篮子去菜市场时，在他卖纸的时候被那些小商贩不断地蔑视时，在向一个有权势的大人物求职遭到戏弄时，在港口求职被忽视和驱赶时，体现得淋漓尽致。

他的内心一直不能接受一种与自己的智商和能力不匹配的工

作。当母亲让他去找份工作的时候，他说："难道让我去洗盘子吗？"在他看来，洗盘子这种事情根本不能算有尊严的工作。而他家庭的处境却是如此贫困，他不得不选择底层的工作。这种无法适应外部世界的心理导致他一次次陷入绝望，在第三个故事中，他努力通过面试争取到一个军校机械学徒的位置，一时感到了无比的快乐，最终却被腐败的官僚体系无情地踩踏，导致他万念俱灰，自杀未遂。

阿斯铁尔在这样的成长环境中如何对抗这些挫败和耻辱？他对抗失败的办法是不断阅读、不断思考、不断幻想。从他的阅读书目中，我们能看到无政府主义的影子。尽管在军校求职面试中，他一口否认读的书是无政府主义思想的。但阿斯铁尔的意识只停留在愤怒与绝望之中，暴力革命的思想只在这些爆炸物的发明和尝试之中萌芽。在阿尔特《七个疯子》这部小说中，无政府主义甚至是暴力革命就更为明显了。这与阿尔特本人的意识形态也有关系，他曾给阿根廷共产党的报纸《红旗》撰写文章，因其中的无政府主义意识形态，而遭到阿共的审查。

在第四个故事中，阿斯铁尔认识的一个街头混混好友想与他一起偷一位工程师的钱财，他却出卖了好友。让人唏嘘的是，工程师没有赞赏他的正义凛然，反而去质问他为什么撕毁了友谊的契约。阿斯铁尔认为，人必须要做点儿卑鄙的事情，灵魂才能高尚。最后，阿斯铁尔想去南方的内乌肯省看冰川和高山，而工程师敷衍地同意给他在科莫多鲁（Comodoro）找个工作，这个小镇位于丘布特（Chubut）省，那里没有冰川和高山，只有让人丧气的小山丘。这意味着阿斯铁尔的最后一个愿望也落空了，他所有的梦想和尊严全部坍塌了，这样的结局让人透不过气来。

就这样，阿尔特笔下的布宜诺斯艾利斯城，第一次出现了人间烟火味。这座城市中的底层面对的永远是失败和失望，哪怕人们想要从中寻找虚假的希望和慰藉，阿尔特也坚决不给，他就是这样"糟蹋"自己的小说。可是，他笔下的民众才是真实的阿根廷人民，那些虚假、短暂、充满道德污点的财富与繁荣不能代表真正的阿根廷，那些欧化的文学家也不能代表阿根廷。阿尔特最能代表阿根廷文学，阿尔特的小说最能代表阿根廷的百姓。那就让博尔赫斯成为世界文学的大师，让阿尔特成为现代阿根廷民族文学大师吧。

阿尔特的魅力在其语言，而作为译者不得不觉得遗憾。阿根廷的许多俚语、俗语还有口音是通过文字拼写本身体现的，中文无法找到恰当的办法对应。阿尔特特有的语法错误也消失于译文之中，无从可见。这"半文盲"的"差文笔"，变成了主谓宾齐全的中文，那么，问题来了，阿尔特还在吗？这个用文字羞辱自己的底层作家还在吗？我们只能寻找折中的方案，如果读者能看

到那个隐藏在阿斯铁尔身后，那个不放弃文学梦想的天才，所经

历的艰辛和痛苦，能感受到他文字中布宜诺斯艾利斯城老百姓的

日常生活和脉搏跳动，那么，译者的任务就算达成了。